KB131821

밀
서

홍일표 시집

시인

의

말

돌아보지 마라.

하늘의 벼락을 삼키고,

혼돈과 무질서의 미로 속으로

즐거이 사라지는 노래들아.

차
례
—

1부

17 사행천

18 밀서

20 몸 밖의 아이

22 염소 씨의 외출

24 북극 거미

26 눈사람 무덤

28 사냥꾼

30 등대

32   양파의 궤도

34   제의祭儀

35   젖은 달

36   9H

37   백치 거울

38   나비 날다

40   태어나는 편지

42   잠행

2부

47   뱀의 전설

48   나비족

50   꼭지

52   백일몽

53   삭망朔望

54   감전

56   병

58   미래의 새

60   검은 숨

62   달과 바다

64   세계사

66   천진항을 지나다

67   죽

68   수상한 일기

70   몽유

72   야사

3부

77   해변의 코끼리

79   주술사

80   방

81   밀행

82   문암리

84   틈

86   구두

88   바닷가 민박집

90   칼국수 빚는 저녁

92 봉포항 판타지

93 축제

95 원주민

96 동굴 이야기

98 소문의 형식

100 새

101 일곱 번째 골목의 비밀

102 입

4부

107   비늘

109   농성장

110   백지족

112   물오리를 읽는 시간

114   부서진 귀

116   삼각대

118   암전

120   번제

122   혈점

124   외계

125   공중을 주무르는 남자

126   금요일의 유적

128   무밭의 저녁

130   소실점

131   푸른 손을 고백하는 숲

132   북극 여우

해설

1부

사행천

뱀이 남긴 것은 밀애의 흔적입니다 어디에 가도 꽃의 언저리를 감도는 붉은 숨결입니다 구불구불 이어지는 시냇물을 따라가다 보면 나는 한 마리 뱀으로 당신을 휘감습니다 가끔 반짝이는 웃음소리에 돌들이 물방울처럼 튀어 오르고 나는 둥글게 부풀어 오른 만조의 바다가 됩니다

풀숲을 빠져나간 뱀이 허리띠로 감겨 있습니다 진달래 눈부신 해안선을 들고 봄의 옆구리로 향하던 사랑이었습니다 머리 흰 사내였던가요? 파도를 타고 내달리던 미명의 노래였던가요? 동해를 묶은 길고 눈부신 바닷길에서 풀려나오는 푸른 뱀의 무리를 봅니다 수만 마리 불멸의 젖은 영혼들입니다

마침내 멀리 돌아온 길이 하늘로 향합니다 밤바다에서 타오르는 불길이 산과 바다를 지나 슬픔의 곡절 다하는 허공에 닿습니다 온몸이 붉은 몸부림으로 뜨겁습니다 공중으로 날아간 뱀들이 마른 나뭇가지를 타고 분홍빛 봄비로 내려옵니다 눈 밝은 사행천이 장음의 맑은 곡조로 흘러가는 연록의 들판입니다

밀서

내 몸에 들어가 있는 밤이 빠지지 않는다 나는 어제의 바람과 어제의 공기에 익숙하여 두 번의 커피를 마시고 49년 전 죽은 한 여자를 만난다 그가 햇빛의 방향을 북쪽으로 돌려놓는 순간 한숨처럼 식어가는 햇빛이 내 등에 꽂힌다

나는 기침을 하면서 8시간 전 저녁을 열고 들어간 당신의 눈알을 뱉어낸다 등에 꽂힌 햇빛이 유일한 국적이다 국외자의 비자를 가지고 단순한 미래를 통과할 때 사과의 심장이 연쇄적으로 폭발하고 사과꽃은 누군가 찢어놓고 간 벤치 위 흰 적막이다

여기 없는 당신을 처형하고 나를 처형한다 순서가 바뀌어도 상관없다 지금은 아직 눈이 검은 어제이기 때문이다 눈앞에 없던 몇 개의 근심과 고독이 외래 식물처럼 혀끝에서 개화한다 나는 밤의 혀를 만질 수 없다

어제의 입술이 나를 증명하지 않는다 오늘도 나는 여기에 없고 죽음의 손끝으로 붉은 하늘을 벗겨보면 울음 가득한

당신의 심장이다 밤이 올챙이 같은 햇살들을 쏟아놓는 순간
나는 비에 젖지 않는 빗방울로 다시 태어날 것이다

몸 밖의 아이

아이가 걸어간다

그에게 다가가 아는 체를 한다
아무 대답 없이 아이가 간다 나는 몸 어딘가에서 아이를
발견하지만 밤이 깨어나지 않는다 정전이다 손가락 발가락
사이에서 새들이 운다

아이는 나를 만질 수 없다
난 시간 밖의 산소이며 이산화탄소이다 아이는 나를 숨
쉬지만 내가 어디 있는 줄을 모른다 나는 보이지 않는 곳에
서 중이염을 앓는 아이의 귀에 잘 마른 구름 한 송이 집어넣
는다 아이는 돌아갈 집이 없어 집을 불사른다 여러 채의 집
이 불타고 두 손이 사라진다

아이가 맨발로 간다
비포장도로의 돌멩이가 나를 알아본다 길가의 개망초도
고개 까닥이며 나를 알아보지만 땅바닥을 기어가는 개미들
은 내 그림자를 파먹으며 더 검어진다

›

팔이 한없이 길어진다 어딘가에서 내 손가락이 아이의 손
가락을 만나 오래 불탈 것이다

아이도 나도 보이지 않는다

물가의 돌들이 돌멩이 바깥에서 더 단단해진다

염소 씨의 외출

흰 염소가 푸른 언덕을 끌고 간다 볼 때마다 산의 위치가
바뀌는 것을 사람들은 알지 못한다

어제의 산에 가서 염소를 찾는다 염소가 없다 눈과 머리
가 여러 개가 되어 펄럭이지만 염소는 보이지 않는다 몇몇
의 노인들은 풀밭 위에 잠시 내려와 놀던 구름을 따라간 것
이라고 수군거린다

염소가 옮겨다 놓은 산이 심심하게 혼자 논다 빈 의자처
럼 눈앞의 바다만 온종일 바라보다 한 뼘 더 허리가 굽어진
다 노인이 담배를 피우며 앉아 있던 의자에 가끔 담배 연기
처럼 왔다 가는 사람이 있다

하얀 플라스틱 의자는 아무것도 기억하지 않고 오물오
물 산등성이의 구름을 뜯어 먹고 있다 염소가 입안에서 굴
리고 놀던 산을 뱉어놓고 슬그머니 해안 절벽 쪽으로 이동
한다

낯선 산에 오른 사람들이 구름에 목줄을 매어 이건 쇠구슬처럼 부서지지 않는 염소라고 즐거워한다

23

낯선 산에 오른 사람들이 구름에 목줄을 매어 이건 쇠구슬처럼 부서지지 않는 염소라고 즐거워한다

북극 거미

사과가 붉은 것은 햇볕의 농담이라고 말하는 순간 내 손은 순록의 뿔이 된다 다 안다는 듯 아이가 물방울처럼 웃는다

전화번호를 지우고 주소를 지우고 마지막 저녁의 표정도 지운다
새롭게 얼굴을 내민 아침의 각도가 거미줄에 걸려 있다 거미줄에서 부서지던 햇살들이 폭설로 흩날리는 밤에 나는 공중의 혈맥을 더듬던 금빛 거미를 찾는다

어제 살았던 아침을 껍질이 벗겨질 때까지 씻어내다가 어느덧 나는 국경 밖의 눈보라가 된다 열두 시간 전에 이국의 골목에서 듣던 눈썹 흰 노래였다

사라진 손으로 귀에 도착하지 않은 북극의 물소리를 만지는 밤

툰드라의 측백나무로 서서 여자의 몸에서 자라는 달을 본다

〉

　나는 들개 울음소리가 들리는 밤의 중심에서 밤을 포획하
는 금빛 거미를 찾는다 태어나지 않은 아이의 손을 잡고 눈
먼 남자가 천천히 걸어온다 검은 남자의 수 세기를 지나 베
링해의 어두운 해안에 닿는 저녁

　내 안의 거미가 긴 다리를 뻗어 얼음 같은 그믐달을 잘게
씹어 먹는다

눈사람 무덤

눈으로 새를 만들어 나무의 심장 속에 넣었습니다

새는 부리가 하얗습니다 여러 개의 아침이 쏟아져 나오
고 여러 개의 생각들이 잣나무 가지에서 사카린처럼 반짝
입니다

멀리까지 날아가 색을 버린 새들의 미래
함박눈이 날립니다

갓 태어난 눈사람이 걸어옵니다
허공을 건너고 도로를 횡단하고 터널을 지나고
다리가 있습니까?
들끓는 말에 놀란 얼굴이 녹아내립니다
말 한 번 건네보지 못하고 천천히 죽어가는 연애입니다

다섯 살 아이가 웃음을 꽂아주고 갑니다
해 저문 여자가 울음을 꽂아주고 갑니다

〉

입과 눈을 떼어내고
다리를 잃어버린 구름처럼 몸통 하나로 일생을 완성합
니다

새들이 발목 없이 떠도는 지상
허공은 눈사람을 입에 넣고 녹여 먹는 중입니다

어제 스물일곱 눈꽃 같은 신부가 죽었습니다
공중은 아무리 찔러도 피가 나지 않는 밤

몸 밖으로 나오지 못한 새들이 돌 속으로 들어가 무늬가
됩니다

사냥꾼

총에 맞은 꿩이 비로소 꿩으로 태어난다

안으로 들어갈 수도
바깥으로 나갈 수도 없는
꿩의 일생은 폭발할 위험이 없다

머리에 넣은 꿩의 무게만큼 몸이 무거워진다

총성이 울린다

짧고 또렷하게 한 획으로 갈라지는 밤
여러 조각으로 나누어 입안에 넣어주는 논리학자도 있다

총을 내려놓는다 다시 바다가 출렁이고
아이들과 고라니가 풀밭을 줄였다 늘렸다 한다 둥근 풀밭
이 공처럼 굴러다닌다

꿩이 날아간다

수시로 폭발하고 수시로 사라지는
하늘 어디에도 꿩은 없다

갓 태어난 원시인이 하늘을 꿩이라고 부르기 시작한다

등대

등대는 배가 고픕니다 등대를 어패류로 분류하나요?

땅끝에 서서 바다를 읽습니다 등대는 걸어온 길만큼 매일 자라고 온몸이 뻣뻣하게 발기된 불기둥입니다

바다는 출렁이며 다가오다 살짝 등을 돌리고 멀어집니다 붉게 달아오른 몸이 빗물에 젖고 불이 꺼진 등대를 해풍이 대신 울다 갑니다 아무래도 등대는 고등동물입니다

저렇게 여러 날 굶은 짐승도 있습니까?

등대는 조금씩 기울어지며 바닷속으로 걸어 들어갑니다 길게 자라는 손톱을 물의 요정들이 다듬고, 파도를 이어 만든 옷자락을 숭어 떼가 들고 따라옵니다

물속에 가라앉은 등대는 이목구비 뚜렷한 태아입니다

등대는 아침마다 태어나 물 밖으로 나옵니다 갓 건져 올

린 커다란 물고기입니다 온종일 서서 바다를 숨 쉬고 파도
로 격동합니다

 등대는 오늘도 목마른 불길입니다

양파의 궤도

굶주려 죽은 허공이 알을 낳았다
누구는 맵고 시린 눈이라고 부르기도 하는

거기 누구 계세요?

빈집 앞에서 보낸 한 철이 있었다

다만 깨어진 항아리와 벽돌 틈새로 들락거리던 바람의 흰
어깨
아무것도 없는 것이 있는 곳
허공의 껍질을 벗기며 중심을 향하던 손발이 길을 잃고
마는 곳

여기가 어디지요?

갑자기 사라진 어제가, 어제의 언약과 어제의 노래와 어
제의 연금이 낯설어지고
그때 허공을 동그랗게 말아서 만든 눈알

바라볼수록 눈이 매운
그리하여 슬쩍 시선을 피하기도 하는

예언처럼 몸 없는 허공이 몸을 낳았다
다시 한 겹 한 겹 공기의 살을 벗겨내면서

제의祭儀

　바닥에 떨어지는 빗방울은 기호의 번제燔祭입니다 죽음으로 꽃피우는 절벽입니다 붓꽃이 터지고 물총새가 포르르 날아갑니다 몸 밖으로 쏟아져 나온 색깔은 어리둥절하여 두리번거리다 사라집니다 수많은 입들이 보랏빛을 중얼거리며 죽은 양처럼 캄캄해집니다

　붓꽃은 가고 소리만 남아 떠돕니다 담을 넘고 강을 건넙니다 몇몇은 물에 빠져 죽고 몇몇은 국경을 넘습니다 죄 없는 양들이 피 흘려 죄를 짓습니다 살과 공기의 경계에는 피의 깃발이 펄럭이고 이름 없는 발자국들만 낭자합니다

　무명은 전능합니다 유리잔 같은 맑은 비애라서 구름 속에 뿌리를 내리고 땅속에서 꽃을 피웁니다 신분증도 주소도 없는 난민입니다 팥배나무에서 바나나를 따고 층층나무에서 수백 마리 물고기를 잡습니다 색색의 금붕어들이 파닥이며 흙 위에서 헤엄치고 죽은 양은 불태워져 하늘에 닿습니다 이곳은 어디입니까?

젖은 달

혀가 혀를 넘어섭니다 일찍이 혀는 당신의 불이었고 동굴에 숨어 있는 붉은 짐승이었습니다 당신의 밀실에서 울고 있는 어둠의 혈족이었습니다 한없이 자라던 혀가 하늘 밖의 하늘을 핥습니다

물고기로 달아나는 혀를 꿰어 허공에 걸어놓습니다 파닥이던 물고기가 어느 젊은 성자처럼 피의 미래를 결정합니다 나뭇잎으로 팔랑이는 혀가 공중의 둥근 마음을 핥으며 지상으로 천천히 내려옵니다

목에 걸린 공기가 맨드라미처럼 발갛게 달아올랐습니다 오래 근심하던 구름이 붉고 긴 혀로 서쪽 하늘을 덮습니다 만삭의 하늘이 부화하여 달이 힘껏 솟아오릅니다 혀는 보이지 않고 혀의 마음만 만월입니다 아무도 보지 못한 외경입니다

9H

잠 못 드는 몸을 웅크리고 연필 속으로 들어가 화석이 된 계절이 있다 흰 종이 위에 너를 펼쳐 적는다 굽이굽이 이어진 선을 따라가다 보면 내가 지워져서 숨기 좋은 골목이 나타나고 먹통의 전화선을 목에 감고 죽은 낮달이 보인다 발목 없는 그림자처럼 어디로도 이어지지 못한 입속의 말들

깊은 밤 가만히 앉아 있으면 나무속에 박힌 연필심이다 가늘고 긴 광맥을 누군가는 보긴 볼 테지만 나는 아직 발설하지 못한 밤을 내장하고 있어 쥐눈이콩처럼 까맣게 눈 뜨고 있는 것이다 누군가는 하늘에 날아다니는 별로 오해하거나 반딧불이를 잡겠다고 포충망을 들고 다가올지 모르지만

나는 부러진 연필심을 발견한다 밤의 밀어를 받아 적던 심야의 속기사를, 사각사각 종이 위를 혼자 걸어가던 등만 보이는 한 남자를 낡은 서랍 속에서 만난다 먼 곳의 외딴 방에서 전깃줄을 갉아 먹던 외로운 설치류처럼 침을 발라가며 한 자 한 자 적어 내려가던 어둡고 퀴퀴한 방에서 나는 한 마리 애벌레처럼 나무속으로 숨어들었던 것이다

백치 거울

거울 속의 밤은 자라지 않는다 물들지도 않고 움켜쥐지도 않는 거울 속에는 역사가 없고 순간의 연애만 있다

깨어지며 완성하는
거울이 흐른다

결심을 모르는 거울에 아무도 빠져 죽지 않아 꽃이 피고 바람 불듯 맑고 동그랗게 태어나는 노래들

위태로운 사랑이 살얼음으로 정의되는 순간 허공에 박혀 있던 해와 달이 세 번 거울을 부인하며 거울을 빠져나간다

새는 몸 밖을 근심하여 새가 되지 못하고
방금 전 태어난 알몸의 거울은 명랑하게 다시 죽는다 조문도 못 하고 거울에서 흘러내린 나뭇잎들이 지느러미를 파닥이며 물가로 돌아가는

이곳에선 날마다 창세기의 첫 줄이 불타고 있다

나비 날다

내가 꾸지 않은 꿈이 나를 멀리서 바라보며 근심한다 아
직 태어나지 않은 꽃이 수없이 피었다 저무는 나날
　나를 만지는 손은 이곳에 없다

　나비가 쥐고 있던 꽃이 기침을 하며 딱딱해진 공기를 깨
고 나오고
　꽃 속으로 들어갔던 저녁은 망자를 만난 제문처럼 재만
남기고 죽는다

　때로 꽃나무 아래서 누군가의 사랑 이야기를 듣다 귀가
녹아 사라지는 저물녘
　하루 종일 귀를 찾다 여러 가닥의 길을 몸에 새겨 넣고 들
여다본다

　사다리가 사라진 공중에서 새들의 마음 부딪는 소리 분주
하고
　빗살무늬 같은 길이 당신의 낮과 밤을 감고 있는 오후

〉

　아이가 허공에서 떼어낸 나비를 한참을 걸어가서 놓아
준다

태어나는 편지

개의 귀에 도달한 소리의 빛깔에 따라 저녁의 방향이 달라지고 이목구비가 없는 사물들의 심장 소리에 감전된 개는 컹컹 보랏빛 꽃으로 핀다

밤을 열면 어젯밤의 결심과 두 번 다시를 중얼거리던 어두운 거리와 심장이 없는 목각인형들이 또박또박 걸어 나오고
소나기는 제 슬픔의 무게에 놀라 쥐고 있던 허공을 놓아버린다

어둠은 어둠을 지우기 위해 태어나지만
물의 목소리를 잊고 얼음 조각이 되는 시간
하늘엔 죽은 새들이 몰려다니며 구름 속에서 폭발하고 가끔
거룩하게 눈이 내린다

순간, 순간 태어났다 죽는
숨기면서 보이는 아침
파닥이던 물결이 결심하기 전에 다시 개들이 짖는다

〉

  얼어붙는 강물을 흔들며 컥컥, 물의 숨결에서 숨이 빠져
나간다

잠행

깃발은 깃발 밖을 엿본다

깃발은 깃발을 벗어나려 하고 벽화 속 새의 발가락은 필
라멘트처럼 붉어진다
깃발 속에 누군가 있다 아무도 모르게 잠입한 오후 네시
가 발기한다

깃발이 깃발만을 생각할 때
깃발이 없다
누군가 깃발을 발굴한다면 그의 손은 얼음처럼 녹아내릴 것

깃발이 깃발을 뱉어낸다

깃발을 빠져나온 깃발이 격렬하게 허공을 치며 날아간다
저건 한 마리 새다 너무 멀리 날아간 구름이 제 그림자를 내
려다보다 흠칫 놀란다

어제의 결심에는 왼쪽 심장이 없다

그걸 아는 구름이 슬금슬금 깃대 끝에 내려앉아 다시 깃
발 속으로 들어간다

죽은 새의 이름만 땅바닥에 남는다

2부

뱀의 전설

뱀을 목에 걸면 뒤따라오던 길과 함께 뱀이 사라집니다 뱀을 떼어낸 자리에는 죽은 길이 엎드려 있습니다 아무도 밟지 않는 길은 심심하여 콩새나 멧비둘기를 불러다 놀지만 죽은 길을 견디지 못한 새들이 날아가고 걸어온 백 년이 싱거워집니다

가끔 몸속에 숨어 있던 뱀들이 발기하고 불의 광기를 물의 서체로 옮겨 적는 노래가 터져 나옵니다 피가 묻어 있는 노래를 아무도 눈치채지 못합니다 돌 속에서 불을 꺼내어 어둠을 태우던 술 취한 어릿광대만 파도처럼 너풀거립니다

휘파람 소리에 잘게 쪼개지는 바위틈에서 겨울을 벗은 뱀들이 구물구물 기어 나옵니다 미루나무의 아랫도리가 툭툭 갈라지고 연초록 풀숲 사이에서 죽은 길이 다시 흘러나옵니다 달의 아랫배가 불룩해지는 보름입니다

나비족

해변에서 생몰연대를 알 수 없는 나비를 주웠다

지구 밖 어느 행성에서 날아온 쓸쓸한 연애의 화석인지
나비는 날개를 접고 물결무늬로 숨 쉬고 있었다
수 세기를 거쳐 진화한 한 잎의 사랑이거나 결별인 것

공중을 날아다녀본 기억을 잊은 듯
나비는 모래 위를 굴러다니고 바닷물에 온몸을 적시기도
한다
아이들은 그것이 나비인 줄도 모르고 하나둘 주머니에 넣
는다

이렇게 무거운 나비도 있나요?
바람이 놓쳐버린 저음의 멜로디
이미 허공을 다 읽고 내려온 어느 외로운 영혼의 밀지인
지도 모른다

공중을 버리고 내려오는 동안 한없이 무거워진 생각

티스푼 같은 나비의 두 날개를 펴본다 날개가 전부인 고독의 구조가 단단하다

찢어지지도 접히지도 않는

바닷속을 날아다니던 나비

꼭지

나는 몸으로 돌아간다
꼭지를 누르거나 비트는 순간 바위에 불이 켜진다

이 신기한 버튼은 대개 교신용이다
몸이 몸을 열고 들어갈 때
신보다 한발 앞서 심장에 도달하는 신호이다
무선도 있지만 유선을 더 애용한다
나는 이 버튼의 미래를 확신한다

대개 물의 동족들은 꼭지를 가지고 산다

바다와 이어진 수족관의 고무호스 끝에 물고기들이 모여
든다
누군가 잘라낸 탯줄에서 머나먼 어미를 숨 쉬듯

가위나 칼이 꼭지 가까이서 조심스러운 것도 그 때문이다
쉽게 결심하지 못하는 칼은 불안하다 꼭지는 잃어버린 길을
찾아가는 입구이고 죽어서 찾아가는 오솔길이다 내 어미가

그러했고 내 아비가 그러했다

　버튼을 누른다

　꼭지가 싱싱할수록 수박등은 환하게 불이 켜진다 늙은 호
박도 마찬가지여서 어제는 열쇠 꼭지를 열고 호박마차에 오
른 임산부들이 많았다

　감추어진 꼭지는 더 목이 마르지만 쉽게 근접하지 못한다
버튼은 외롭고 눈부신 것이어서 가끔 시에 비유되기도 하고
몸 안에 불을 지르는 발화점 같은 것이어서 여간 조심스러
운 것이 아니다

　나는 꼭지를 타고 우주의 자궁 속으로 잠입한다

백일몽

이건 저녁을 빠져나가는 마지막 방법이다 사냥꾼의 창끝에서 붉은 꽃이 핀다는 건 희화이다 역사는 그걸 피의 진화라고 기록하지만 손가락은 아무것도 증명하지 않는다 누군가가 피 흘리고 있을 때 꽃은 결심한다 꽃들은 어둠을 중얼거리며 이역의 낯선 골목을 떠돌아다니다 총을 맞거나 칼에 찔리는 것이다

붉은 살점은 만찬을 장식하는 꽃이고 정오의 햇살은 칼끝의 광휘를 증언하는 순백의 수사이다 돌아보지 마라 너의 눈에 가득한 빛의 정의는 높은 담장이 벗어놓은 남루한 한 벌의 옷이다 그림자는 시한폭탄처럼 숨어서 너를 겨냥하지만 혓바닥이 타버린 밤을 아무도 뒤집지 않아 다시 밤이다

입에 꼬리를 문 뱀은 달의 호흡법을 터득한 선사이거나 피의 경향을 읽은 인문학자이다 꼬리를 놓친 짐승의 눈에서 달이 없는 밤은 쓰러질 것이고 내가 모르는 계절에 피는 꽃은 오늘도 몽유 중이다 나는 공기에 닿아 화살처럼 경련하는 몸을 닫을 수가 없어 불 속에 들어가 꽃이 되는 꿈을 꾸어보는 것이다

삭망朔望

목을 매고 죽은 사내는 아직도 발바닥이 땅에 닿지 않아 뜬구름으로 묘비명을 삼았습니다 검은 머리카락이 땅속에서 자라 소나무 뿌리같이 굵어집니다 지구의 자궁이 열리고 오래 울던 바다가 풀잎 끝에서 맑은 잠을 자는 저녁입니다

낮꿈인가요?

봄의 정수리에서 꽃들이 뛰어내립니다 색색의 환멸은 손가락이 부러진 손을 떠나 미완의 혁명을 기록하지만 꼬인 혀는 풀어지지 않습니다 발바닥이 없는 눈송이가 혼자 우는 울음처럼 하늘 가득 자욱합니다 사내는 아직도 죽지 못하고 지상 곳곳을 떠돌며 늦은 인사를 전하지만 땅에 닿자마자 녹아내립니다

가장 화려한 죽음의 체위라고 중얼거릴 때 밤은 불에 타서 검은 나비가 됩니다

감전

낯선 여자가 서 있던 곳에 해가 없다 내가 읽은 것은 한 덩이의 얼음과 페이지가 잘 넘어가지 않는 발자국이다 안개가 만든 여자다

여자는 여기 있고 보이지 않는 여자만 걸어간다

고도에서 서도로 간다 삼호교 지나 오른편 산자락에 여자의 빨간 모자가 산딸기로 익어간다 몸에서 뛰어내린 여자가 거기 있다

뱀이 물의 힘으로 기어가고 왼편의 파도도 혀를 널름거리며 방파제를 넘는다 얼음처럼 녹은 얼굴이 완성하는, 눈도 코도 없는 안개의 긴 문장이 고독처럼 왔다 흘러간다

모호하여 더욱 또렷해지는 여자의 말을 만져본다 이슬비로 가늘게 꼬아 만든 목소리 따라 여자가 안개로 풀어지고, 공중에 복숭아 같은 선홍의 마음만 살짝 보였다 보이지 않는다

〉

다시 물로 돌아가는 육체를 돌아본다 돌아볼수록 맥박은
희미해지고, 안개가 흘린 목소리가 몸 밖의 나를 만진다

망치로 내려쳐도 부서지지 않는 공기의 영혼처럼

병

내 몸 안의 병으로 너를 읽고 너의 부재에 닿는다 비어 있는 의자는 점점 자라서 밤을 넘고 나는 비로소 너를 앓기 시작한다

입안이 쓰다 나는 이것이 생의 쓸쓸한 결구라고 적는다

한 그릇의 묽은 죽에는 여러 명의 노인이 생로병사를 중얼거린다 이빨도 없이
몸 안의 병이 무안해지고 쓰디쓴 입은 동굴처럼 허공으로 이어져 있다

병이 나를 들여다본다 떼꾼한 눈이 더 깊어져서 몇 사람의 주검을 감추고도 남겠다
고문 끝에 땅의 동공 속에 던져진 시신은 아직도 울면서 자란다 죽은 이의 머리칼이 검은 미역줄기로 물속을 떠도는 밤

몸을 지우면 오갈 데 없는 병은 몸 밖으로 빠져나간다 오토바이가 지나가고 버스가 지나가고 교암마트 노인은 웃어

줘서 고맙다고 말한다

그믐달을 벗는다 어디서 유리잔 깨어지는 소리가 들린다

미래의 새

커튼 사이로 흘러든 빛이 바닥에 새를 낳았다

두루미 한 마리

가만히 들여다보는데 바닥과 새 사이가 보일 듯 말 듯
나는 자꾸 새 밖의 새를 보고 있었다

얼핏 숟가락 같기도 하고 나이프 같기도 한

저건 빛이 그린 미래라고 말하면서 바닥을 굴러도
새는 꼼짝 안 하고 있다 최초로 지상에 착지하여 아침을
모르는 새 같다

새를 가져다가 키워야겠다
내 안의 불 꺼진 집이 좀 가벼워질 것 같다 잠시 나갔다 들
어오니
새가 없다

나는 두루미로 사과를 자르고

두루미로 밥을 뜨고

새 안에서 폭발한 밤을 활짝 펴서 반듯하게 다려놓았다

날카로운 빛의 가시에 찔려 죽은피를 쏟는 밤

새를 완성한 바닥이 날아갔다 하늘의 고백이 많아질 것
같다

검은 숨

이목구비 흩어져도 소리만 듣고도 우는 귀신이 있다

파도 소리에 네가 있고
솔바람 소리에 너의 스무 살이 숨 쉬듯

발 없이 떠도는 요절한 목숨이 있다 그가 토하고 간 한 동이의 노을이 있다
까치가 짖거나 까마귀가 우는 날
귀신이 밟고 간 밤의 눈썹은 조금씩 흐트러져 있다
지붕에는 깨지거나 금 간 기왓장이 있어 고드름도 놀라 떨어진다

절명의 순간에도 눈 동그랗게 뜨게 하는
어느 외로운 사람의 발자국 소리가 있다 저벅저벅 저문 하늘을 밟고 가는 소리가 있다

내 안에는 그믐달을 닮은 매서운 눈 하나가 산다

〉

　창밖에 서 있는 내가 방 안에 누워 있는 나를 바라보는
　서로가 깜짝 놀라 망연히 바라보는

　내 몸은 눈먼 시간이다
　오래전 죽은 사람을 만나 그림자로 중얼거리고 구름의 시
선으로 허공 밖 망초꽃을 쓰다듬는

　힐끗 누군가 뒤돌아보는데 몸이 없다
　방금 전 몸 밖으로 빠져나간 내가 보이지 않듯

달과 바다

바다의 허리를 힘껏 잡아당기면 당신이 한없이 부풀어 오른다 여기는 어디쯤일까 해안선은 긴 활대이다 임산부의 둥근 배이다

앞뒤 마당 불을 켜라
손을 씻어 허공에 널어놓아라

어둠의 살을 물어뜯으며 혼자 놀던 아이의 손을 잡고 만삭의 바다가 밤새 뒤척인다 머리맡에서 고양이가 낳은 밤이 야옹야옹 우는 시간

멀리 날아가지 못한 바다는 유리잔 속에 몸을 풀고, 잔을 기울이자 흰 나비들이 하얗게 날아오른다 누구는 멸이라 부르고 누구는 환이라 부르는

바다가 자지러지며 해변에 토해놓는 구름들
일개미 같은 모래알들이 잘게 부수어 먹는다 물고기의 몸 안에 여러 개의 달이 알배기처럼 통통하게 차오르는 동안

〉

　바다가 문장 속으로 들어와 얌전해진다 낯선 리듬이 태어
나 심장을 뛰게 하고 자가발전하던 달이 항아리 속에 빠져
죽는다

　만삭의 당신이 둥둥 떠오르는 보름이다

세계사

포도밭에서 나오니 여러 개의 시선이 몸속에 박힌다

오래 젖은 눈

어디로 튀어나갈지 모르는 저 부동의 자세가 불안하다 모든 불안은 공기의 외부에 붙어 있다 구두수선공은 허공이 닿는 방향을 예감한다 공습은 이어지고 눈동자들이 점점 돌멩이처럼 커진다

숨을 곳이 없다
피 흘리는 팔레스타인을 안고 뛴다
하늘이 깨져서
너무 잘 보이는 땅
하늘 밖까지 맹렬하게 자라는 손들

눈동자들이 송알송알 붙어 있다
곳곳에서 돌들이 폭발하고 하늘이 터진다

〉

　　가끔 입술을 깨물고 구두수선공처럼 허공을 꿰매보아도
　　내 안에서 눈동자들이 범람한다 서로 끌어안고 저녁을 조
금씩 잘라 먹으며 검은 밤이 된다

　　앞이 사라져 한곳에 몰려 있는 눈동자들
　　그들이 바라보는 한쪽 방향만 첨탑처럼 뾰족해진다

　　포도의 눈까풀을 덮어주며 나는 잠시 오래된 평화인 척
한다

천진항을 지나다

나는 발자국 없이 생의 외곽을 걷고 있었네 눈이 날리고 하늘은 보이지 않았지만 가끔 산 저쪽에서 설해목 부러지는 소리가 들렸네 몇 개의 산을 넘고 오래 걷던 자들이 당도한 바다에는 인디언 전사처럼 우우거리며 달려오는, 한 번도 물러선 적 없는 붉은 말발굽 소리 가득했네 파도는 방파제에 몸을 던지고 가슴속 어두운 밤들은 포말로 튀어 올라 강철꽃을 피우네 온전히 부서져 다시 돌아가는 파도는 시퍼런 칼 위의 춤이었네 불붙어 타오르던 파도가 한 세기의 바다를 넘어서고 바다는 온통 흰 불길이네 저걸 어느 인문학자는 우주의 정수리에서 터지는 음악이라고 했지만 나에게는 여전히 들끓는 연옥이네 아직 가야 할 먼 마을의 입구일 뿐이네 눈은 퍼붓고 인간의 마을은 너무 멀어 수숫대 같은 몸 하나 세울 곳 없네 몇 그루 나무와 짖지 않는 개들만 나를 멀뚱히 바라보아 혹시 내가 귀신인가 싶어 몸을 꼬집어보네 컴컴한 마루 밑처럼 외로운 그림자가 발자국 없는 길을 떠나는 해 질 녘이었네

죽

죽으로 들어가는 입구는 넓다 실실 웃으며 나를 맞는다
여러 개의 얼굴과 여러 개의 계절과 여러 개의 목소리가 있
다 폭력과 강압이 없다 동사무소 직원처럼 당신은 누구냐고
물어도 그냥 히죽히죽 웃는다 신보다 먼저 태어난 농담이나
웃음이 거기에 있다 이름을 지운 무기명의 너와 내가 있어
서로를 몰라보고 이곳과 저곳이 아득하여 아직 태어나지 않
은 살과 뼈이다

희멀건 웃음에는 이목구비가 없다 이리저리 숟가락을 휘
저어도 하나의 얼굴 하나의 감정을 갖지 못하여 하느님도
일찌감치 뱉어버린 혀이다 드나드는 문이 넓어 내가 죽 안
으로 들어가고 죽이 내 안으로 들어와도 너는 누구냐고 묻
지 않는 것이 이곳의 불문율이다 그러니 실수하지 마라 죽
을 먹을 때는 눈과 귀를 떼어놓고 먹어야 몸 안의 병도 눈치
채지 못하는 것이다 히죽히죽 웃으며 죽을 먹는다

수상한 일기

네가 없는 곳
몸을 지우고 가닿은 자리에서 청동으로 만든 밤이 휘어
진다

아무도 열어보지 않은 시간
새도 아니고 나뭇잎도 아닌 낯선 노래들이 수런수런 모여
든다
너 거기 있니?
천 개의 팔다리가
창을 부수고 밤의 바깥으로 휘몰아치다 먼 행성에 닿는다

오가던 길이 지워지고 저무는 땅에 떨어지는 사과
여러 개의 심장이 지구를 펌프질하고
길에 박혀 있던 돌멩이들이 툭툭 튀어나와 길을 버린다

몸에서 빠져나간 밤이 갈 곳 없이 헤매는
새벽 어디쯤
또 다른 탄식과 병은 너의 혀를 자줏빛으로 물들이겠지만

허공을 찢고 나오는
불의 심장

사과가 사과를 떠나고
불덩어리가 된 노래들은 더 춥고 어두운 쪽으로 날아간다
공중을 폭발시켜 숨어 있던 꽃들을 꺼내듯

너는 느티나무 밖에서 가장 찬란한 느티나무
불온한 외뿔처럼 몸을 뚫고 나와 몸을 얻은

몽유

두리번거리는 사이 봄이 남긴 발자국

돌아보지 않는 너의 등 뒤에서
조각난 토스트는 너를 증언하고 골목은 누군가 쓰다 만
문장이다 전선의 희미한 내일을 중얼거리는 바람과 황급히
요절한 햇살과 붉은 깃발을 펄럭이는 경적 소리와

너는 사라지고
검은 발바닥만 남은 저녁은 조문객처럼 분꽃 속으로 들어
간다

어제 죽은 살과 머리카락이 붐비는
촛농으로 굳은 공기의 틈새에서

아무것도 보이지 않을 때 비로소 너는 보인다

몸 밖을 활보하는 마음의 방향대로

⟩
노래의 발가락 손가락이 환하게 너를 만지는 저녁

야사

밤의 뒤통수에는 아직 잊지 않은 맹세가 매달려 있습니다 봉인된 아침을 뜯어봅니다 낯선 노래들이 흘러나와 혀가 녹고 발가락들이 새로 돋아납니다

난세는 무궁하여 하늘이 더 가팔라집니다

죽은 사내가 부르다 만 노래는 가시나무 끝에 걸려 있고 두 아이와 한 여자가 돌 속에서 웁니다

제 몸을 찢어 해를 꺼내는 이도 있습니다 몇몇 사람들이 모여 만가를 부르지만 해는 불이 붙지 않습니다 터지기 직전의 조약돌은 이마에 금이 가기 시작하고 저녁 해는 낡은 신발을 벗어놓고 떠납니다 도처에 민란이지만 아무 소리도 들리지 않습니다 울지 않기 위해 우는 새만 저녁의 가슴을 가득 메웁니다

적도 동지도 보이지 않는 곳

〉

　눈감지 못한 동백꽃이 땅에 불을 지르고 산등성이를 넘습
니다

3부

해변의 코끼리

나는 멀어진다 여기서 점점
푸른 먼지들만 자욱한 곳 나는 몇억 년을 걸어왔나

코끼리가 바닷가에 쓰러져 있어요
바다로 가다가 기진하여 쓰러진 울창한 밤 같아요

물방울처럼 뛰어다니는 아이들에게 나도 몰래 젖는다 어
디서 왔니? 원시인처럼 조심조심 걸어가 아이들을 바라보
지만 내 말을 알아듣지 못하여 나는 멀리서 온 희미한 그림
자이다

혼자 겨울 해변을 걸으며 어제는 어디로 갔나 어제가 있
긴 있었나? 나는 머리 붉은 짐승을 만났나 마른 수숫대처럼
중얼거리다 눈앞의 코끼리를 본다 어둠으로 덮어놓은 거대
한 고분 같은

내가 한 말이 다시 귀에 들어와 죽는다 수억 년을 달려와
운석처럼 땅에 떨어진 말들이 부풀어 몸 밖에서 펄럭인다

〉

코끼리가 코끼리 앞에 선다 내 말을 알아들을 것 같다 오
래전 같은 말을 썼던 종족 같다 모래 무덤에서 나온 코끼리
를 펼쳐본다 페이지마다 여러 생을 걸어온 그늘의 터진 몸
통이다

나는 돌아서서 다시 인간의 마을로 간다 아무도 알아보지
못하여 저녁의 변두리를 어슬렁거리겠지만 여전히 붉은 꽃
잎 하나 적요의 곁불 쬐며 젖은 마음을 말리고 있겠지만

주술사

　지팡이가 살모사로 기어가고 조약돌이 참새로 날아가는 풍속을 이해하는 것은 두 개의 다리를 자르고 여덟 개의 다리를 만들어 걷는 일입니다

　유황불이 타오르고 여자는 나무토막처럼 누워 있습니다 개들이 떼 지어 몰려와 짖고 아침을 만나지 못한 새들은 땅속으로 들어가 파닥거립니다 돼지피를 바른 기둥마다 봄의 연둣빛 화살이 박혀 자라고 쑥을 태운 연기가 여자의 터진 가슴으로 흘러듭니다 몸속을 떠돌던 악령은 검은 연기로 빠져나가고 여자는 사흘만에 만난 아침을 깨뜨려 입안에 흘려 넣습니다

　옷과 신발을 태운 연기가 무덤을 안고 날아갑니다 세계는 도발적으로 가벼워지고 목화송이 같은 여자가 걸어갑니다 한 번도 호명되지 않은 당신을 매일 밤 남몰래 만납니다 묘지에서 가져온 흙 한 줌을 지붕에 뿌리면 당신의 집이 잠들고 집 앞의 느티나무도 눈을 감습니다 밀애는 가느다란 실끈으로 이어져 구름에 닿고 하늘은 연달아 폭죽으로 터집니다 피의 방향은 한결같습니다

방

하늘에서 떨어진 달에서 여러 마리의 붉은 뱀이 뿔뿔이 흩어져 달아난다 바닥은 바닥을 길게 펼쳐 보여준다 사내가 죽고, 남은 식구들이 방을 바꾸었다 아비의 방이 뱀 허물로 남았다 검은 비가 바닥을 지우고 뱀은 서둘러 달로 귀환했다

달이 부풀고 있었다 순한 곰들이 차례로 죽는 밤이어서 나는 아프리카로 들어가는 입구가 된다 아프리카는 쉽게 열리지 않는 돌멩이다 달은 폭발하고 오색 풍선들이 종교처럼 태어났다 하늘로 높이 날아오를수록 지상은 실패한 연애처럼 어두워졌다

나는 길 끝까지 갔다 내 몸을 찌르고 들어오는 칼들이 몸속에서 부딪히는 소리가 들렸다 나뭇가지가 꺾어지는 소리라고도 했다 어깨에서 무릎에서 심장에서 여러 자루의 칼들이 부러졌다 바뀐 방에서 내 그림자로 회임한 아이가 태어났다 혈흔을 지우고 나를 지웠다 달로 돌아간 뱀이 골짜기처럼 우는 밤이었다

밀행

태양이 되려고 했던 어느 노인의 말년처럼 호박죽에는 몸에서 빠져나온 몸이 있고 여기가 어디냐고 묻지 않는 혀가 있다 곱게 빻은 돌의 시간과 비바람의 거친 발자국이 녹아 있다 나는 몇 숟갈의 슬픔과 사라진 미풍의 달콤한 전생을 건져 먹는다 미안해요 아직 도달하지 못한 계절이 있나요?

둥근 호박이 태양의 뜨거운 눈빛에 설레며 익어갈 때 슬그머니 호박 안에 들어가 잠드는 이방의 남자가 있다 붉은 수염 덥수룩한 야생의 사내가 있다 밤새 호박은 천상과 지상을 뒹굴다가 불쑥 보름달로 떠오르기도 한다 사람들은 달을 호박이라고 부르며 조금씩 불행해진다

호박죽이 나를 먹고 있다 호박죽의 부드러운 혀가 내 몸을 감싼다 이건 사라진 손에 대한 아득한 기억이다 고마워요 나는 천 원짜리 지폐처럼 중얼거리며 서서히 녹는다 모서리 없는 죽처럼 무한히 둥근 미풍이 될 때까지 나는 황금의 숨결로 설레며 노랗게 웃는다 빈 그릇이 서둘러 나를 비운다

문암리

이마에 난 뿔을 잘라 병든 당신에게 갑니다 벌써 해는 지고 아무것도 나에게 남은 것은 없지만 나는 이제야 당신의 발바닥을 읽습니다 갈라진 하늘 틈새에서 꽃숭어리 여럿 돋아나고 오래전 풀숲에 떨어뜨린 딸꾹질이 이슬처럼 살아나 반짝입니다

조약돌 같은 여자를 낳고
다시 돌아와 내 앞에 앉아 있는 문암리 바다

병은 작약꽃 그늘로 깊어지고 문밖으로 나오지 않은 여러 날 몸 안의 어둠이 흩어져 박쥐 떼로 날아갑니다 제문의 글자는 타올라 검은 나비로 날고 죽은 이의 이름을 가만히 만져봅니다 등대 앞 누워 있는 바다를 부수어 파도 거센 밤

제 심장을 찔러 피 흘리며 날아오는 별똥별이 어둠의 정수리에 박힙니다 몇 개의 술병들이 차례로 쓰러져 허공의 방향을 돌려놓지만 여기는 봄과 여름이 몰라보고 지나가는 십 원짜리 동전 같은 땅 고독의 뼈가 단단해지고 몸을 비틀

며 혹한을 넘는 소나무가 리듬은 고통이 빠져나가는 산도라
고 중얼거립니다

틈

누군가 하늘의 깃털을 뽑아놓았는지 낙엽 위에 구름이 흩어져 있다

구름 몇 잎만 벗어놓고 살덩이는 어디로 갔나

새매는 알고 있었나

하늘에 붙어 있거나 날아다니거나 땅 위를 기어다니거나

한 덩이 구름 뭉치였던 것

그리하여 혹자는 고층운을 새털구름이라고 명명하고 혀를 잘라낸 것이다

산에서 내려와 골목으로 들어서면 내 등에서 구름이 자란다 나는 구름의 뿌리였거나 구름의 밭이었던 것

손끝에 올려놓고 몇 개의 문자를 비벼보지만

구름의 고삐를 잡고 내달리던 바람이 결국 혼자 남듯

공중의 틈새에 몸을 찔러 넣는 새 한 마리 바라보는 중이다

산 자들은 당신의 여섯시가 푸른 삼각형이라고 말한다

그래서 별이 뜨고 다시 아침이 와서

꼭짓점으로 자라는 빛의 종교라고 적는다

사과는 사과를 부인하면서

어디서 터질지 모르는 폭탄이 되고

이쯤에서 당신의 오후는 숯덩이 같은 검은 고독을 완성한다

손에 쥔 깃털 하나

골목 담벼락에 강아지 같은 구름을 그려 넣고 이건 쇳덩

이처럼 흘러가지 않는 언약이라고 말한다

돌아보면 오늘도 그곳은 그곳에 없다

구두

방과 거실이 나에게 누구냐고 묻는다

골목 구석에 저물어가는 낡은 구두 한 짝
아직도 나는 밤의 설교자들이 끌고 다니는 낙타의 발바닥
이다

방과 거실이 나를 뱉어낸다 가로등이 깜박거리고 벚꽃이
흩날린다 빛의 파편들이 내 어두운 몸에서 떨어져나간 살점
같다

입에서 나귀를 닮은 여러 켤레의 구두가 쏟아져 나온다
누군가에게 말을 전하려는데 독수리와 충돌한 허공이 부서
져 자욱하게 흩어진다

깔깔거리며 웃던 아이들이 나무 이파리가 되어 반짝이고
늦게 도착한 햇살이 철사 줄처럼 몸을 비틀며 일어서는 곳

입안에 넣고 불던 하늘이 풍선처럼 부풀다가 터져버린다

〉

    무덤을 짊어지고 다니던 낙타를 공중에 걸어놓고 흔들어
댄다 경전의 죽은 글자 같은 모래알들이 우수수 쏟아지는
골목

    허공에서 뛰어내린 소나기들이 맨발로 달려간다 흰 갈기
날리며 질주하는 성난 사자 떼다

    저놈 잡아라

바닷가 민박집

민박집이 가렵다

나는 밤새 민박집을 긁는다

어딘가 가려운 사람들이 발굴한 밤은 수심이 깊다 나는
낮에 본 갈매기를 잡아 그 속에 집어넣는다 여러 마리가 푸
드덕거리며 수평선을 뜯어내고 날아오를 듯
유리창이 덜컹거린다

나는 방에 누워 어느 먼 곳에서 홀로 우는 사람을 가만히
안아주고 싶다는 생각을 한다 거짓말처럼 잠시 하느님도 떠
올려보는데 벽 안에서 새소리가 들린다 쩍, 쩍, 쩍 벽이 갈라
지고 찢어진 벽지 틈새로 새싹이 돋는다 하느님의 푸른 혓
바닥이 보인다

바다 쪽으로 돌아눕다가 천장에 찍힌 발자국을 본다 하
늘에 뜬 발자국을 들여다보면 빈 밥그릇이 생각난다 라면을
네 조각으로 나누어 하루를 견뎠다는 그는 하늘에 발자국을

찍지 못했을 것이다 불우의 쓸쓸한 역설이 그가 걷고 싶었을 천장에서 나를 밟고 있다 발자국에는 뼈만 남은 노래가 남아 있다

나는 자정을 넘어 새벽까지 민박집을 긁는다

칼국수 빚는 저녁

너에게 가는 두근거리는 악보다

홍두깨 대신 소주병으로 꽁꽁 뭉친 구름을 밀어보자
아니 저것은 눈덩이고
하룻밤의 약속이었던 것

끈끈하게 달라붙는 저녁을 떼어내면서
수년 전 어느 외진 마을의 흐느낌을 밀가루 반죽에 밀어
넣는다
눈이 날리다 그쳤다 한다

한 여자의 무거운 밤이 날아가 언 강에 떨어진다
그걸 받아 안고 결심한 강이 쩌렁쩌렁 울린다

두껍지도 얇지도 않은 두께로 눈앞의 생이 초설처럼 웃
는 곳
말랑거리는 구름의 속삭임과 오래 뒤척여 납작해진 밤의
표정이 뒤섞여

노래의 흰 뿌리들이 풀려나온다
잘게 썰어 반듯해진 마음의 다발들

후루룩거리며 남자가 먹는 건
한 여자의 붉은 벼랑으로 빚은 나직한 평화

너에게 닿아 끓고 있는 밤이 오래도록 저물지 않는다

봉포항 판타지

비가 자랍니다 길게 이어지는 욕망이 바위에 스밉니다 멀리서 흘러온 핏줄입니다 빗줄기는 수혈하듯 가늘고 긴 몸으로 어디에든 도착하지만 한 번도 도착한 적이 없습니다 돌 속에 남아 있는 무늬는 물의 생각들입니다 꽃피지 못하고 말라붙은 요절한 노래입니다

검정 우산을 쓴 해변이 죽어도 죽지 않는 한 사람을 바라봅니다 여자는 떠나고 우산은 둥글게 몸을 말고 웁니다 어두워지지 않는 검은 몸은 비에 젖고 있습니다 톡톡 두드리며 다가오는 발 없는 발자국이 있습니다 발자국이 불에 타서 재가 되고 둥근 무덤이 한 남자의 마지막 아침을 증언합니다

해가 솟고 돌들이 새처럼 지저귑니다 부러지고 깨어져야 비로소 길이 되는 빗물에 산 하나가 사라집니다 확신으로 빛나던 길들이 흐린 숨결로 흘러가고 빗줄기의 잠행은 유구합니다 땅을 딛고 돌아선 빗물은 탯줄 같은 칡넝쿨을 타고 하늘로 돌아갑니다 나무 끝에서 이파리 무성한 노래가 불꽃처럼 터집니다

축제

죽거나 도망치거나
두 번째는 우리 안의 사자
스무 번째는 다리 없는 가로등
저녁의 커다란 입이 삼키는 낮달처럼

들판은 나무를 뽑아 던지며 내달리고
콩깍지를 찢고 달이 튀어 나간다

말을 던지고 표정을 지우고
갈라지고 흩어지는 사이
한밤중에 태양이 뜨고
꼬리 자르고 달아나는 골목길

동아줄을 타고 하늘로 올라가거나
구름 위에서 탱고를 추거나

나뭇가지 끝에서 반짝이는 여러 개의 눈
지붕 아래로 흘러내리는 공기의 팔다리

숨죽이고 있던 몸이 폭발하고 옆구리에서 춤이 흘러나온다
말갈기를 잡고 달리는 노래
북소리 징소리에 부르르 진저리 치며
발을 버리고 달아나는 발

이곳이 죽고 저곳이 태어나는
땅에 박혀 있던 돌들이 하늘로 튀어 올라 팝콘처럼 터지는

원주민

몸이 끝나는 곳에서 마음이 태어납니다 처음 보는 얼굴입니다 어제의 발가락과 달라서 꽃이 되거나 별이 되는 발가락이 있습니다 몸을 찢고 싶은 나무는 한쪽 팔이 없습니다 사라진 팔이 물속을 헤엄치고 몸을 빠져나온 봄은 정처가 없습니다

나무의 분홍빛 손톱을 누를 때마다 달의 외곽이 밝아집니다 당신을 입고 있던 태양이 당신을 벗어놓고 떠나듯 눈도 입도 없는 생각들이 무거운 밤을 내려놓고 날아갑니다

눈처럼 뭉쳐지지 않는 어둠을 집어 던질 수 없습니다 저무는 유리창은 갓 돋아난 별을 알아보지 못하고 검은콩이라 부릅니다

검은콩은 굴뚝새로 날아가도 검은콩입니다 이곳의 풍습에는 머리를 내젓는 나무들이 자라지 않고 반듯한 지평선만 유구합니다 밤은 폭발하지 않습니다 멀리서 날아온 딱따구리가 온종일 연둣빛 햇살의 발등만 쪼아댑니다

동굴 이야기

 남은 건 한 개의 달이 전부입니다 달을 잘게 부수어 여기까지 왔지만 이젠 반딧불이 몇 점밖에 남은 게 없습니다 하늘 밖에서 동굴을 끌어와 자주 방 안을 채웁니다 잘 보이진 않지만 오래전 발굴된 역사의 환기구입니다 그런데 역사는 왼손이 있나요?

 자꾸 잠이 옵니다 머리맡까지 내려온 동굴을 만져봅니다 아, 이건 기다란 탯줄입니다

 밤마다 동굴이 내 몸을 먹고 있습니다 점점 몸이 작아지고 손발이 보이지 않을 때까지 나는 지워집니다 바깥은 비가 내리고 귀가 없는 동굴은 빗소리를 듣지 못합니다 나를 읽느라 눈이 사라진 사람도 있습니다 그들은 여러 개의 눈을 갖고 있어 밤은 숨을 곳을 찾지 못합니다

 동굴이 나를 뱉어내는 순간 제 울음소리에 놀라 깨어나는 축축한 잠이 있습니다 혼자 우는 차가운 돌이 텅 빈 집을 두리번거립니다

동굴을 목에 두르고 집 밖으로 나갑니다 동굴이 빗물에
녹아 흐르기도 하고 검은 구렁이로 어둠을 넘어가기도 합니
다 늙은 배우 같은 역사는 낡은 필름을 돌립니다 앞산의 여
래입상이 슬며시 웃고, 잠시 그쳤던 비는 어제의 방식대로
가문비나무 잎사귀를 적십니다

소문의 형식

바람의 악보에서 흘러나와 내 몸을 핥고 있는 노래의 긴
꼬리는
이곳에 없는 죽은 이의 연애를 완성하지
이해하지 못한 하늘의 머나먼 공기를 만져봐

불현듯 당신은 처음 보는 색깔의 계절
갓 태어나 축축하게 젖은 봄밤이 된다

풀밭 위를 맨발로 달리던 공기
죽어서 바위에 달라붙은 바다는 떨어지지 않아
돌멩이 끝에서 부서지며 태어나는
비릿한 세계

다른 바다에서 온 갈매기가 끌어안지 못하는
이곳의 바람은 젖지도 불타지도 않는 낯선 별의 휘파람이야
불꽃처럼 휘날리는 스카프의 기다란 혀끝에서
내가 만지고 있는 다정하고 부드러운

〉
죽은 이의 몸을 비틀며 바다를 뱉어내는 조개의 맨살
낯설고 기이한 일요일의 고백처럼
공중은 입을 다물지 못하고
빛의 틈으로 빗새 하나 재빨리 날아가지
그렇게 먼 곳의 소문이 은밀하게 당도하지

새

비닐봉지가 떠다니는 물속은 새의 망명정부이다 나는 물의 살점을 떼어내 연명하는 물총새를 말하는 것이 아니다 사물의 지루한 정면을 부수어 강을 건너고 산을 넘는 것이다 도중에 손발이 사라지는 것은 예사이지만 사라지는 만큼 몸에서 수천의 손발이 새순처럼 돋아나 아침의 핵심에 닿는다

새가 물속으로 들어가는 순간 날개가 사라진다 지느러미만 남아 새를 기억하고, 탐닉했던 구름의 문장을 뽀글뽀글 떠올리며 물속으로 또 다른 새들을 유인한다 겁 없이 달려들던 빗방울들은 물속에 최후의 진술을 짧게 남긴다 실패한 혁명은 언제나 흑백의 바둑알 같은 무수한 눈들을 낳는다

물속에서 부화하지 못한 한 마리 새다 해파리 같기도 하고 계란프라이 같기도 한 지난한 주름의 역사이다 구겨졌다 펴졌다 펴졌다 구겨지는 망명정부의 밀실에서 뛰쳐나가는 파도를 본다 주둥이가 파란 부정형의 새를 본다 젖은 비닐봉지가 바닥에 붙어 날아간 새를 결심하는 동틀 녘이다

일곱 번째 골목의 비밀

골목을 용서하세요

길을 가르쳐주거나 햇빛의 방향을 설명하는 말들은 다리가 잘려 움직이지 않는 바위, 바위는 왜 음악이 되지 않나요? 낙타나 고양이를 죽이지 않고 먹는 것이 음악으로 태어나는 최선의 방법이라지요

목청껏 불러도 노래가 되지 않는 노래는 깨뜨려 먹을 수밖에요

꼬리를 감춘 골목을 용서하세요
이리저리 구부러진 골목이 허리를 펴고 발설하는 날
일곱 번째 봉인한 골목도 멱살 잡혀 공터로 끌려 나오겠지요 다 보여서 아무것도 보이지 않는 대낮이겠지요
숨어 있던 하느님도 사라진 뒤겠지요

입

칼끝에 당도하였네

눈 뜨는 순간 눈이 감기는 곳
집 밖의 집

손을 내저어봐
딸꾹질 같은 너는 막무가내지

땅이 부글부글 끓고 있는
여기는 밤낮이 뒤섞여 밤낮이 없는 곳

노래하는 입들이 사라져
어느덧 당신은 태어나지 않은 아이가 되었네

유리창에 붙어 떨고 있던 입들

아무도 알아듣지 못한 말들이 숨어드는 극지였네

〉

눈과 귀가 닫혀

말들이 입을 지우는 오지였네

4부

비늘

너는 없다 너라는 국가도 너라는 종교도 너라는 아침도
없다

발바닥 밑에서 그림자는 자라서 새가 되고 강아지가 되고
염소가 된다 너는 번식한다 너는, 너라는 공중의 부족은

절벽에 너를 세운다 내 몸에서 나온 너는 나를 위반한다
너는 한없이 미끄러지는 타일 바닥이다 고기비늘이다 내 몸
에서 비늘이 자란다 비늘은 두꺼워지고 나는 얼핏 빛의 갑
옷을 입은 무사 같다 고개 들어 옆을 바라보는 순간 나는 나
로부터 추락한다

너는 없다 너라는 교회도 너라는 은행도 너라는 제국도
없다

벽에서 타일 조각이 떨어진다 비늘을 몸에서 떼어낸다 알
몸의 내가 너를 만진다 너는 손에 닿지 않고 비늘 한 잎 땅
위에서 반짝일 때마다 나는 나를 허물어 너를 지나간다 너

를 통과한 불의 뱀들이 그러했듯 금과 옥으로 죽음을 장식
했던 부장품이 그러했듯

흰 뼈들이 웃는다
낮게 엎드린 그림자 속에 너를 묻고 돌아선 삽날같이

농성장

　시청 앞이 발생한다 어둠이 있어 눈 밝은 문장이 지나가
고 툭툭 끊어지는 쉼표는 고독의 방식을 고수한다 저곳은
너무 환하여 어두운 바깥이다 나는 시청 앞을 외투처럼 입
고 겨울 밖으로 재채기와 함께 튀어나간다 재채기는 바닥에
깔아놓은 바닥을 완성한다 잘 찢어지는 어제의 햇볕이거나
엉덩이 밑에서 새로 태어나는 차가운 행성이다 붉은 띠를
두른 스피커에서 쏟아지는 태양이 여러 조각으로 부서져 꽃
잎으로 떨어진다 길 가는 사람들은 길 안에 있지 않아서 어
제 저녁에 잃어버린 핸드폰 같다 어디선가 혼자 울고 있거
나 혼자 걸어가는 가로등이다 너무 선명하여 잘 보이지 않
는 색깔이거나 너무 커서 잘 들리지 않는 소리들이 앉아 있
다 밤의 외연은 확장되는 것이 아니라 동쪽 가시나무 끝에
서 사라지고 지워지는 것이어서 오늘도 땅속을 기어가던 목
소리들은 붉고 뜨거운 끈으로 광장을 묶고 있다 비로소 얼
굴이 태어났나 비로소 오늘이 만들어져서 오늘이 되었나 시
청 앞이 발생한다

백지족

종이는 툰드라의 설원처럼 결백을 강행한다

서너 마리의 양이 죽었다 아무렇지 않게 밤이 왔다 밤은 백지와 동족이다 칼과 총을 비슷하게 가지고 있다 몇몇 전사들이 무장한 백지 속으로 들어간다 눈을 가린 어둠처럼

죄 없는 죄인이 사막 위에 무릎 꿇고 있다 총과 칼은 그들을 처형할 것이다 백지는 성지다 비가 와도 젖지 않아야 하고 눈이 와도 쌓이지 않아야 한다 물감 뿌리듯 색색의 양 떼를 풀어놓고 싶은 날

풀 한 포기 돋아나지 않는 백지
가까이 다가간 푸른 눈동자들이 저문 골목길의 구슬처럼 눈을 감는다 익사했는지 불타 죽었는지 아니면 산 채로 매장됐는지

검은 백지 속으로 사라진 태양과 달

〉

백 년이 지나고 천 년이 지난 어느 날
지구의 한 모퉁이에서 백지를 찢는다 흰 그림자
고요 속에서 풀썩 먼지가 일고
없다
복면을 한 전사도 창백한 신도 무지개를 잡으러 간 아이
들도

백지 속에서 멸종한 백지족

물오리를 읽는 시간

아이들이 바다를 굴리며 논다 나는 시간 밖에서 파도처럼 뛰노는 아이들을 보다가 발바닥에서 물갈퀴가 돋아나는 걸 본다

물 한 방울 젖지 않고 바다를 들락거리는 오후

물속에 들어간 물오리가 물을 잠근다

세 마리 네 마리
나는 물 밖에서 잃어버린 신발을 찾느라 허둥지둥이다
사라진 열두시가 딱딱해진다 몇 개의 벼락이 지나가고 달은 커다란 마침표로 하늘에 박혀 있다

반달을 쓰고 가는 여자가 있다 그녀의 몸속에 사라진 열두시가 있을 것 같아 나는 초침처럼 뒤를 따라가다 아이들이 가지고 놀던 바다가 된다 출렁거리는 몸 곳곳에서 어린 물오리가 꽃봉오리처럼 피어난다

〉

누가 신발을 가져간 것인지
물을 열고 나와 두리번거리는 사이 발이 사라졌다

몸속에 새로운 기념일이 생겼다

부서진 귀

사라진 노래가 하늘 한 바퀴 돌고 와 어깨에 앉아 있다 잠자리는 노래가 되지 않아서 혀가 굳고 검은 가방 안에는 눈 감지 못한 태양이 있다 가방을 열면 우르르 쏟아지는 진흙투성이 밤이 있다

남몰래 입 없는 말들이 소용돌이치는 심해에 들어갔다 나온다 젖는다 아랫도리가 가슴팍이 다 젖어 나는 내가 없는 이름이 된다 이름 안에 숨어서 연명한다 이미 죽었지만 죽지 못하는 노래라고 말하자 너무 많은 슬픔은 슬픔이 아니라고 말하자

용서하세요 저는 돌아가지 못합니다 산 것도 죽은 것도 아니어서 이곳엔 열여덟 살 밤만 있습니다

귀는 마지막까지 살아서 등대처럼 깜박인다 종일 한 발자국도 떼지 못하고 눈먼 바다를 뒤집어본다 가을이 가고 겨울이 가는 사이 아직도 죽지 못하고 물고기 떼처럼 먼 곳에서 돌아오는 보름달 같은 귀에 운동장을 밀어 넣고 교실을

밀어 넣고 스마트폰을 밀어 넣는다 가득가득 귀가 범람한다
한 마디만 마지막 한 마디만 귀를 잡고 간청한다

　나는 고작 소라껍질이나 잡고 여기 서 있으니 울고 있던
수천의 귀들이 부서져 하얗게 흩날리고 있으니

삼각대

북극여우를 보셨나요?

세 발 달린 불경한 짐승이지요
계절 밖에서 내리는 분홍색 봄비처럼

공중을 넘본 한 여자가 처형되었습니다
목이 사라지듯 꼭짓점이 지워졌습니다

비의 혀는 꽃잎처럼 얇고 가벼워요
아무 데나 잘 달라붙는 불꽃이지요

꼭짓점이 빗물로 흐릅니다
수직으로 서서 죽지만
살과 뼈는 잔혹한 수평입니다

북극여우의 뾰족한 입을 보셨나요?

부서지며 가시 돋친 빗방울이 날카롭게 빛날 때

〉

삼각대의 세 발로 일어서는

저녁

어디선가 여우의 긴 울음소리 들립니다

암전

경비원이 목련을 턴다

꽃도둑이다

꽃들이 떨어지며 도둑이야 외치는데 입안이 캄캄해진다

졸지에 꽃을 빼앗긴 나무들은 억지로 젖을 뗀 아이 같다

어디서 입 없는 울음소리 들린다

바닥엔 검게 타버린 달의 껍질들이 널려 있다

경비원이 쓸어 모으는

다시 나무에게 돌아갈 수 없는 입술들

허공이 걸어간 발자국이다

〉

불 꺼진 나무가 검은 총구 같다

누군가를 겨누고 있는 동안 붉은색은 왜 더 붉어지나

아무 죄도 없이

어디선가 젖무덤 하나 봉긋하게 솟아오를 듯

번제

돌아보지 마라 잘 가라 나는 오래전에 처형되었다 아비도 어미도 내 발목까지도 바람 속에 묻었다 어둠 속으로 혼자 걸어가는 한 마리 들개다 돌아보지 마라 죽은 물고기 안에 네 심장을 넣어 뛰게 하라 도처에 폭발하지 않는 바위다 재 앙이다 돼지피를 문기둥에 발라라 떼 지어 몰려오는 저것은 무엇이냐 바다를 찢으며 퍼덕이던 파도가 멀리 날아가 피가 부족한 구름에 불을 붙인다

폭설이다 몇 개의 산맥을 넘어 날아온 이곳은 발바닥처럼 어두운 새벽이다 열두 시간 전에 숨 쉰 공기와 얼굴들은 설 화로 피어 다시 눈앞에 있다 조문한 고인은 아직 살아서 나 에게 말을 걸고 웃는다 시간은 흘러가는 살이어서 나는 여 기 있으면서 부재하고, 죽음은 숟가락처럼 익숙하여 그들은 이미 사람 밖에서 사는 그림자다 돌아보지 마라

피의 제사이다 염소가 끌려가 목이 잘리고 박수 치며 웃 는 사이 죽음은 누군가 쓰다 버린 구두칼, 지팡이, 녹슨 반지 다 아무렇게나 버려둔 빵조각이다 멈추지 않는 소용돌이로

빨려 들어가는 한낮의 태양이다 영안실에서 나와 혼자 걷는
다 열두 시간 전에 악수를 하고 헤어진 거리를 지나 시간이
놓아버린 달을 안는다 이미 차갑게 식은 누군가 부르다 만
봄이다 다행히 하늘이 보이지 않아 지상의 등뼈가 꼿꼿해진
다 돌아보지 마라

혈점

까치가 문 참새가 파닥거린다 콕콕
부리가 쪼아대는 곳마다 붉은 문서다

아무리 찢어도 밤은 오고
얼핏 본 아침해 같다
목이 컥 막힌다

바닥에서 참새를 뜯고 있던 까치가 참새를 물고 담 위로
날아간다
옆에서 보고 있던 참새들이 까치를 추격한다

마당도 덩달아 뛰어갔지만 까치가 펼쳐지지 않는다
까치는 마당을 버리고 담을 버린다 죽은 참새는 털만 소
보록 남아 가벼운 잡담이 된다
아이들이 깔깔거리며 걸어간다

까치가 열리지 않는다

〉

서너 마리 남은 참새들이 몸속에 까치를 구겨 넣는다

바닥에 굴러다니던 조약돌이 참새처럼 파닥이고
깃털 뽑힌 마당은 맑은 무덤을 결심한다

지나간 밤을 동그랗게 쥐고 피의 표정을 읽을 때

외계

    달빛이 품고 있는 여자를 발견합니다 지느러미가 싱그러운 여자는 온몸이 달빛 비늘로 반짝이는 것이어서 나는 눈썹 끝까지 하얗게 바랩니다

    눈도 코도 지워져 이제 돌아갈 집이 없습니다 잠든 여자를 안고 가는 귀 밝은 달이 문틈에 끼어 파들거리고, 물기 마른 지느러미를 살며시 잡아당기며 달빛 비늘 흩날리는 뜰을 서성입니다

    녹슨 안테나에서 흘러내린 달빛이 땅에 스미어 흰 민들레로 피어납니다 달과 교신하는 방향으로 민들레의 잎을 살짝 돌려놓는 순간 옆에 있던 고양이가 귀를 쫑긋 세웁니다 감나무와 복수초, 동백꽃까지 당신을 다 읽고 있었지만 나는 물로 빚은 당신을 한 번도 보지 못한 것입니다

    다시 처음인 듯
    낮달 하나 품은 저수지가 내 안에서 입덧을 시작합니다 아주 오래된 발자국 같은 당신은 누구신지요?

공중을 주무르는 남자

나는 아직도 그대의 어깨에서 빠져나오지 못한 심장이다 도처의 죽음은 날마다 태어나고 여러 번 죽은 계절은 어디로 가나 나는 빛으로 살아남은 다리를 주무르며 밝아지지 않는 오늘의 악몽에 골몰한다 병상에 누운 당신의 통증이 통증을 잊고 화장실에 갈 때 부축한 남자의 심장에서도 새가 운다 죽음은 망가지지 않는 검은 현악기라서 몸속에 들어와 살지 못한다 물속의 눈, 허파, 마지막 짧게 몰아쉰 숨 그리고 당신이 잡지 못한 어제와 오늘 사이에서 죽음은 번식하고 담요 한 장으로 살아남은 자의 한 조각 목숨을 덮는다 총구를 돌려 나를 겨누는 밤에 나는 검은 머리카락처럼 여자를 숨 쉰다 피가 돌지 않아 아픈 다리가 구름으로 흩어지며 안녕, 안녕 중얼거리는 동안 심장 속의 딱딱한 뼈가 종유석처럼 자라나는 밤이다

금요일의 유적

뼈의 틈새에서 붉게 흘러나오는 죽은 연애의 기록
늙은 사서 같은 밤부엉이가 시취라고 말한다

파도의 조각들이 배추 잎으로 나뒹구는 난전에서 나는 허
공으로 조립한 눈사람이 된다

밤을 뒤집어놓은 곳
이름을 부를수록 산소처럼 희박해지는 여자

추억은 목이 길어서 저녁의 쓸쓸한 국경을 넘는다

격렬하게 바다를 벗어나는 바다
아직도 죽지 못하고 떠돌아다니는 사람들이 불 꺼진 돌
속을 들락거린다 무릎이 사라진 밤이 실눈 뜨고 바라보는
새벽까지

젖은 구두가 고양이 울음소리로 자라는 지층

⟩

손을 부러뜨린 손톱이 흰 나비 떼로 날아오른다

이것은 오래된 속설,
전속력으로 멀어지는 오른쪽 가슴의 이야기

무밭의 저녁

화이트 크리스마스에 무를 심어요

어디서 총소리가 들려요

아무도 이유를 묻지 않아서 나무가 꺾어지고 꽃잎이 떨어
져요

여기저기에서 무를 뽑고 있어요

허옇게 드러나는 체위

힘을 쓰다 보면

가끔 달이 깨져요 미처 구름을 끌어다 덮지 못한

무밭에 살았던 나비들이 전설처럼 몸 안에 가득해요

푸른 이파리로 살짝 몸을 가렸던 한때

〉

그대와 나는 이미 불타는 강을 건너고 있었지요

향기를 맡고 찾아온 이들은 손발이 안 보여요

이게 몇 번째 제사인지 이제 고백해야지요

아, 눈발이 날려요

당신 아직 거기 있나요?

소실점

항아리에 담긴 달빛에서 포도주향이 나던 시절처럼 역사
도 그러하리라 믿는 진보주의자의 의자가 모래사막에 잠깁
니다

사막에서 몇 번 허우적이면 손발이 지워집니다 눈을 동그
랗게 뜬 모래알은 풍자의 활자입니다 거품 같은 웃음이 흘
러나옵니다 해도 달도 미끄러지며 웃습니다

밤을 잘라 넣은 뼈와 뼈 사이에서 달맞이꽃이 피나요?

모래 위에 구름의 체위로 눕습니다 아이스크림처럼 녹아
내리는 두개골에서 여치 우는 소리 들릴 때 죽어서 또렷해
지는 이름을 불러봅니다 여자의 혀는 새벽이슬처럼 식어가
고 발밑에서 모래알의 뼈 깎는 소리가 칼끝을 세웁니다

사막을 삼키고 절벽의 등뼈로 일어서서 걸어가는 낙타 한
마리 보이는지요?

푸른 손을 고백하는 숲

여기 있는 너는 너무 멀어서 나는 질긴 밤의 커튼을 뜯어낸다 구석에서 무덤처럼 웅크리고 있는 어둠이 울고, 네가 떠난 방은 결심한다 혼자 기르던 바다와 하늘의 심장을

여러 개의 입술을 오려 붙인 벽에서 사라진 말들이 모래알처럼 쏟아지고 풍경은 언제나 풍경 밖에서 완성된다 액자를 부수고 달아난 표정들이 얼굴 너머에서 넘실거린다 지상을 내려놓고 날아간 갈매기들이 짧고 단순하게 생을 정의한다 허공이 네모반듯하게 잘려나간다

너는 범람한다 동서남북으로 흘러가는 기다란 혀가 어둠의 터진 살을 핥는다 나는 살기 위해 여러 번 죽는다 묵상에 든 꽃이 저무는 해에 골몰하는 시간이 길어진다 무겁고 나직한 기도처럼

죄가 아니라고 했지만 내 수족은 이미 사라진 지 오래였다 이번 생은 천천히 죽어가기로 한다 몸 안에서 울부짖던 손발들이 몸 밖에서 무성해지는 물푸레나무숲이다 혼자 남몰래 펼쳐보는 이곳은

북극 여우

몸 안에 박혀 있던 햇살들이 서릿발로 반짝이는 극지의 밤
북극 여우는 혼자 얼음 위를 걸어간다 얼마나 더 어둡고
추워야 검은 피로 피어난 몸 밖의 푸른 오로라에 닿는가

총 맞은 짐승들이 흘리고 간 핏자국을 따라 백색의 병정
들이 뒤를 따른다 유형의 벌판을 채찍으로 휘두르는 천둥
번개를 삼키며 얼음 속으로 들어간다 오래 죽음을 견딘 빙
벽에서 화살촉 같은 맹독의 꽃이 말갛게 눈을 뜬다 누군가
의 남자이고 누군가의 심장이었던

죄 없이 죽은 목숨들이 칼처럼 날아다니고 길게 우는 여
우의 밤이 날카로워진다 몸 안에 몸을 밀어 넣고 얼어붙은
빛이 타올라 백야의 중심에 닿을 때까지 순백의 죽음으로
얼어터진 맨발이 될 때까지

살아서 꽃에 도달하지 못한 노래들
혹한의 입안에서 혀가 떨어져나가고 이빨들이 고드름처
럼 부서져 내린다

〉

　눈보라와 함께 달려가는 여우가 한 번씩 울 때마다 주검
에서 깨어난 북극의 정수리에 꽃이 핀다 그림자도 목소리도
없는

　다만 붉은 혈흔 같은

해설

밤의 저 끝으로의 여행

조재룡 / 문학평론가

세상의 모든 밤을 소유할 수 있을까? 묻기도 그 대답을 그러쥐는 것 자체도 불가능하다는 사실을 알면서도 그 길을 가려 하는 사람이 있다. 홍일표의 세 번째 시집 『밀서』는 "눈도 코도 없는 안개의 긴 문장"(「감전」)으로 밤을 더듬고, 밤을 만지고, 밤을 돌아 나와, 다시 밤으로 향하는, "밤의 중심에서 밤을 포획"(「북극 거미」)하려는 끝없는 열정과 전진의 의지로 가득하다. 그는 순간의 변이들로 어둠의 시간을 만들어내고, 전도된 시선으로 기어코 대상에 검은 입을 달아놓는다. 밤의 실존으로 가득 채워진 시적 공간은, 뛰어난 감각으로 대상과 존재를 움켜쥐고서 행과 행 사이에 한없이 축적해

놓을 때, 불현듯 우리 앞에서 솟아오를 것이며, 홍
일표는 이렇게 되기까지의 자신의 고투와 사유의
발견을 시적 모험이라고 여긴다. 그가 이 세계를
분주히 돌아다니고, 자연의 풍경 속에 짙은 제 감
정의 그림자를 내려놓을 때, 비어 있는 동시에 꽉
채워진, 저 검은 시적 공간 하나가 탄생을 채비하
기 시작한다. 시간과 대상, 존재와 자아를 빨아들
이는 저 공간이 '검다'라는 말은 벌써 복합적이며
총체적이다. 어둠도, 어둠이라는 저 말도 사실 마
찬가지다. 어둠도 그 자체로는 어둠이 되지 못하
며, 사실 온전한 어둠이 아니기 때문이다. 검어지
는 순간과 순간을 끝없이 덧대야만 풀려나오는,
오로지 한층 더하거나 덜한 어둠의 순간들이 내는
소리를 기록해낼 수 있어야만, 그는 밤의 끝에 가
닿을 수 있다고, 그렇게 세상의 존재들을 고유한
목소리로 담아낼 수 있다고 믿고 있는 것은 아닐
까? 그가 어둠의 시학을 완성하려 할 때, 구와 구,
행과 행, 문장과 문장 사이를 떠도는 공간은 밤의
저 밀행 끝에 어떻게 시에서 주인의 자격을 회복
하는 것인가? 어딘가에 어둠이 고여 짙어지고, 다
시 옅어지기를 반복하는 저 밤의 어귀 여기저기에
내딛은 그의 발걸음의 보폭과 추이를 먼저 살펴볼

필요가 있겠다.

역치의 문법

자연의 이형異形들이, 세계의 풍경들이, 밤의 한가
운데서, 혀를 내밀고, 불꽃을 쏟아내며, 제 존재
의 흔적을 각인하기 위해, 시집의 여기저기에 바
글거린다. 밤으로 잠행하는 조건은 무엇인가? 아
무것도 볼 수 없는 공간과 모든 것이 소멸한 광막
한 지대에 당도하기 위해, 그는 어떤 감각을 동원
하는 것이며, 어떻게 시적 장치를 설치해놓는 것
인가? "밤을 잘라 넣은 뼈와 뼈 사이"(「소실점」)에서
산 자가 죽은 자를 보고, 죽은 자가 산 자에게 말을
거는 저 시적 공간은, 거개가 보는 자와 보이는 자
의 역치를 통해 제 지반을 확보한다. 홍일표의 시
에서 대상이 입을 달고 발화의 주체로 자리매김하
는 것은 작위가 아니라 차라리 필연에 가깝다.

호박죽이 나를 먹고 있다 호박죽의 부드러운 혀가 내 몸을 감싼다 이건 사라진 손에 대한 아득한 기억이다 고마워요 나는 천 원짜리 지폐처럼 중얼거리며 서서히 녹는다 모서리 없는 죽처럼 무한히 둥근 미몽이 될 때까지 나는 황금의 숨결로 설레며 노랗게 웃는다 빈 그릇이 서둘러 나를 비운다

　　—「밀행」 부분

　방과 거실이 나에게 누구냐고 묻는다

　골목 구석에 저물어가는 낡은 구두 한 짝
　아직도 나는 밤의 설교자들이 끌고 다니는 낙타의 발바닥이다

　방과 거실이 나를 뱉어낸다 가로등이 깜박거리고 벚꽃이 흩날린다 빛의 파편들이 내 어두운 몸에서 떨어져나간 살점 같다

　　—「구두」 부분

　검정 우산을 쓴 해변이 죽어도 죽지 않는 한 사람을 바라봅니다 여자는 떠나고 우산은 둥글게 제 몸을 말고 웁니다 어두워지지 않는 검은 몸은 비에 젖고 있습니다 툭툭 두드리며 다가오는 발 없는 발자국이 있습니다 발자국이 불에 타서 재가 되고 둥근 무덤이 한 남자의 마지막 아침을 증언합니다.

　　—「봉포항 판타지」 부분

사물의 입으로 사유를 표현하고, 대상의 눈으로 제 시야를 확보하고, 풍경의 감정에 입사하여 죽음을 체현하는 일이 이렇게 착수된다. 그런데 대상과 주체가 제 역할을 바꾸는 순간의 고안은 왜 필요한 것이며, 그 순간과 순간 사이에 실로 어떤 일이 빚어지는 것일까? "몇 숟갈의 슬픔과 사라진 미풍의 달콤한 전생을 건져 먹"거나 "아직 도달하지 못한 계절"(「밀행」)을 체현하기 위해서나, "깃발이 깃발을 뱉어"내고 그렇게 "깃발을 빠져나온 깃발이 격렬하게 허공을 치며 날아"(「잠행」)가는 모습을 주시하려면, 시인에게 대상-주체 사이의 역치는 선택이 아니라 차라리 불가피하게 마주한 시의 문법처럼 보이기도 한다. 이는 환유에 기댄 인접성의 자장 속에서 문장을 연장해내거나 대상의 우유적寓喩的 풀이로 화자의 수를 늘려낸 단순한 기법의 소산이 아니라, 시선의 근본적인 전환을 바탕으로 사물의 상태나 움직임을 이접하는 비유라고 해야 할 것이다. 이 역치를 통해 "안으로 들어갈 수도/바깥으로 나갈 수도 없는" 대상들의 숨통을 잠시 터놓을 때, 그렇게 시점의 탈각이나 중첩을 통해 "풀밭을 줄였다 늘렸다" 대상의 크기를 조절해나갈 때, 비로소 그는 "짧고 또렷하게 한 획으로 갈라지는 밤"(「사냥꾼」)이 도래할 가능성과 그 순간을 목도할 수 있다고 믿는다. 그러니까 밤으로의 "밀행"에 반드시 필요한 것이 바로 시선의 주관적 변용이자 대상과 주체의 역치인 것이다. "볼 때마다 산의 위치가 바뀌는 것을 사람들은 알지 못한다"(「염소 씨의 외출」)는 사실은 이렇게 새로운 눈으로 세상을 구획하고 존재를 탐구하려는 시인의 시도에 힘을 보탠다. 대상이 자신을 가두던 통념에서 벗어나 새로운 가능성 속에서 제 존재의 잠재성을 발산하는 순간들을 시에서 체현할 때만, 밤으로 향하는 길이 잠시 열릴 것이라고 생각한 것일까? "사물의 지루한 정면을 부수어 강을 건너고 산을 넘는"(「새」) 일에 매진하고 "묵상에 든 꽃이 저무는 해에 골몰하는 시간"(「푸른 손을 고백하는 숲」)을 시인이 고민하는 이유는, 미지의 영토에 시의 촉수가 뻗어나가게 함이다. 그렇게 해서 당도하려는 곳은 기지의 장소가 아니라, 차라리 "이곳은 어디입니까?"(「제의」)라는 물음을 계속해서 호출하는 미지의 공간이다.

다만 깨어진 항아리와 벽돌 틈새로 들락거리던 바람의 흰 어깨

아무것도 없는 것이 있는 곳
허공의 껍질을 벗기며 중심을 향하던 손발이 길을 잃고 마는 곳

여기가 어디지요?

―「양파의 궤도」 부분

대상과 주체의 역치로 그는 "아무도 보지 못한 외
경"(「젖은 달」)을 직시하려 하고, "그림자처럼 어디
로도 이어지지 못한 입속의 말들"(「9H」)을 우리 앞
에 꺼내 놓으며, 낯선 표현들이 한곳에 모여 빚어
내는 경이로운 힘에 의탁해 "아직 태어나지 않은
꽃이 수없이 피"(「나비 날다」)고 또 질 가능성, 그러
니까 존재가 머금고 있는 잠재적인 행위들을 실행
하고자 시도한다. 늘 비어 있는 동시에 항상 차 있
는 시적 공간이 그의 시 전반에서 이렇게 만들어
진다. 홍일표의 시에서 대상의 바뀜과 풍경의 겹
침은, 없던 공간, 없던 시선, 없던 감정의 실천을
가능하게 해주는 동력과 다르지 않다. 시집 전반
을 지배하는 이 역치의 문법은 그러나 초현실에
집착하며 놀람의 궤적을 어설프게 흉내 낸 것이
아니라, 오히려 겹침의 미학을 구현하고자 특이

한 이미지들을 중첩하여 만들어진 시적 운동의 원
인이자 시집 전반을 강력하게 꿰뚫는 주관적인 동
선이다. 죽음에 입사하고, 그렇게 죽음과 사투하
는 타자를 내 안에 거주하게 하는 작업의 근간이
바로 여기서 이루어진다.

죽음-노래

거개가 단단하고 아름다운 어휘들의 조합으로 구
성된 구句들이 홍일표의 시 전반에서 돌올하게 솟
아나는 결절과 접사의 문양들을 최소한의 시적 단
위로 형성해낸다면, 이 문양들이 서로 어울리며
뿜어내는 문장은 오히려 간결하게 구성되어 있다
고 해야 한다. 그의 시가, 노래로서의 본령을 망각
하지 않고, 모험을 빙자하여 서정의 세계를 함부
로 저버리지 않는 미덕을 간직하고 있는 까닭이
여기에 있다. "결심을 모르는 거울에 아무도 빠져
죽지 않아 꽃이 피고 바람 불듯 맑고 동그랗게 태
어나는 노래들"(「백치 거울」)은 가령, 「야사」 같은 작품에서 크게 그 가치를 뿜어낸다.

밤의 뒤통수에는 아직 잊지 않은 맹세가 매달려 있습니다 봉인된 아침을 뜯어봅니다 낯선 노래들이 흘러나와 혀가 녹고 발가락들이 새로 돋아납니다

난세는 무궁하여 하늘이 더 가팔라집니다

죽은 사내가 부르다 만 노래는 가시나무 끝에 걸려 있고 두 아이와 한 여자가 돌 속에서 웁니다

제 몸을 찢어 해를 꺼내는 이도 있습니다 몇몇 사람들이 모여 만가를 부르지만 해는 불이 붙지 않습니다 터지기 직전의 조약돌은 이마에 금이 가기 시작하고 저녁 해는 낡은 신발을 벗어놓고 떠납니다 도처에 민란이지만 아무 소리도 들리지 않습니다 울지 않기 위해 우는 새만 저녁의 가슴을 가득 메웁니다

적도 동지도 보이지 않는 곳

눈감지 못한 동백꽃이 땅에 불을 지르고 산등성이를 넘습니다

―「야사」 전문

그의 문장을 구성하는 통사구 각각은 애절하고 단

145

아하여, 소위 아름답다고 부를 어휘들로 이루어져 있지만, 그의 노래는 결코 아름다움을 연주하지 않는다. 그는 대신, 죽음에 바쳐진 노래, 차마 따라 부르지 못하는 애가, 병자와 동행하는 만가輓歌, "꽃피지 못하고 말라붙은 요절한 노래"(「봉포항 판타지」), "이곳에 없는 죽은 이의 연애를 완성"하는 데 바쳐진 "바람의 악보에서 흘러나와 내 몸을 핥고 있는 노래"(「소문의 형식」)를 짓는 데 몰두하며, 삶에 찾아든 비애와 그 구석구석에서 신음하는 고통의 순간들을 자연에 스며 있는 고독과 슬픔으로 전화하여 매우 단단하고도 실존적인 밤의 사건으로 바꾸어놓으려 한다.

나는 아직도 그대의 어깨에서 빠져나오지 못한 심장이다 도처의 죽음은 날마다 태어나고 여러 번 죽은 계절은 어디로 가나 나는 빛으로 살아남은 다리를 주무르며 밝아지지 않는 오늘의 악몽에 골몰한다 병상에 누운 당신의 통증이 통증을 잊고 화장실에 갈 때 부축한 남자의 심장에서도 새가 운다 죽음은 망가지지 않는 검은 현악기라서 몸속에 들어와 살지 못한다 물속의 눈, 허파, 마지막 짧게 몰아쉰 숨 그리고 당신이 잡지 못한 어제와 오늘 사이에서 죽음은 번식하고 담요 한 장으로 살아남은 자의 한 조각 목숨을 덮는다 총구를 돌려 나를 겨누는 밤에 나는 검은 머리카락처럼 여자를 숨 쉰다 피가 돌지 않아 아픈 다리가 구름으로 흩어지며 안녕, 안녕 중

얼거리는 동안 심장 속의 딱딱한 뼈가 종유석처럼 자라나는 밤이다

　―「공중을 주무르는 남자」 전문

　이 애가는 병자를 곁에서 간호하면서, 자주 어른
거리는 죽음의 그림자를 경험하는 남자의 심정을
결곡하게 담아냈기 때문에만 지극한 슬픔과 감동
을 자아내는 것은 아니다. 죽음과 맞서 싸우려면
죽음을 이 세상에 편재하는 진리로 직시하는 수
밖에 없다는 사실을 이 시인만큼 잘 알고 있는 사
람이 또 있을까? "죽음은 망가지지 않는 검은 현
악기"이다. 나는 죽음이 "총구를 돌려 나를 겨누는
밤"을 힘겹게 지난다. 타자의 죽음과 나의 죽음은
이때 서로 다르다고 말할 수 없다. 죽음의 순간과
순간이 한 존재에게서 한 존재로 고스란히 투사
되고 시적 사건이 되어 서로 교통한다. 죽음의 불
가능한 공유는 현실적인 시간을 정지한 상태에서
만, 제 실현될 가능성을 한 줄기 빛처럼 뿜어낼 뿐
이며, 그 빛 속에서 그는 "딱딱한 뼈가 종유석처럼
자라나는 밤"을 서서히 통과할 것이다. "빛으로 살
아남은 다리를 주무르며 밝아지지 않는 오늘의 악

몽에 골몰"하는 순간은 죽음으로 이렇게 정지된 시간이다. 그는 "당신이 잡지 못한 어제와 오늘 사이에서" "죽음"이 "번식"한 "담요 한 장으로 살아남은 자의 한 조각 목숨을 덮는" 일로, 타인과 함께 죽음의 순간에 입사하며, 이렇게 그는 "이번 생은 천천히 죽어가기로 한다"(「푸른 손을 고백하는 숲」)고 말할 주체이고자 한다. 중요한 것은 시적 단위인 '구' 각각이 서로 뭉치거나 흩어지며 시에서 죽음의 선율 하나를 울려낸다는 데 있다. 개별적이고 이질적인 통사구들이, 사물의 물질성에 기대어 죽음을 한껏 벼려내면, 죽음이 어른거리는 순간과 순간이 타자와 내가 하나 되는 긴장의 시간, 정지의 순간으로 시에서 솟아오르기 때문이다. 풍경이, 주변이, 일상이, 자연이, 타자와 나를 무수히 포개어놓는 죽음의 변증법적 운동을 통해 시전반에서 존재와 존재를 연결해주는 비유로 되살아나며, 이는 포갤수록 검어지는 색채의 원리처럼, 검은 점 하나로 시 세계 전반이 수렴되고 있다는 사실을 말해준다. 구와 구, 절과 절, 문장과 문장을 떠돌며, 그 사이사이에 포개어지는 이미지와 이미지의 충돌 속에서, 세상의 모든 존재들이 검은 공간 속으로 빨려 들어가고 다시 돌아 나와,

범람하는 그의 검은 노래로 뒤덮일 때, 시간과 존재가 눈부신 시적 도약을 준비한다.

시간-존재

홍일표의 시에서 대상과 주체의 무수한 바뀜과 이미지들의 부단한 겹침은 시에서 검은 공간을 짓고, 그곳에 죽음의 구멍을 내는 일에 바쳐진다. 시인은 자아를 이 공간에 거주하게 하려 애쓰며, 시간을 그곳에 끌고 와 각별한 순간들의 연속으로 전환해내고자 힘겨운 전진을 꾀한다. 그가 방문한 곳곳에서, 그가 도달한 여기저기에서, 사방이 어룽지는 순간들이 컴컴한 제 그림자를 내려놓으며, 존재가 단숨에 이 어둠에 휘감기게 되는 것은 바로 이 때문이다. 시간의 선조성에 의지해 화자의 위상을 가늠하거나, 현재의 시간 속에서 사방천지를 주조하는 일은 따라서 이 시인에게는 관심 밖의 일이다. 사방은 그의 시집에서 단 한 순간도, 지리적 장소에 정박되지 않으며, 시간 역시, 과거-

현재-미래의 흐름을 무기력하게 만드는, 오로지
어둠 속에 반짝이는 죽음의 시간으로 흘러넘치기
때문이다. 「태어나는 편지」의 전문을 인용한다.

개의 귀에 도달한 소리의 빛깔에 따라 저녁의 방향이 달라지고 이목구
비가 없는 사물들의 심장 소리에 감전된 개는 컹컹 보랏빛 꽃으로 핀다

밤을 열면 어젯밤의 결심과 두 번 다시를 중얼거리던 어두운 거리와 심
장이 없는 목각인형들이 또박또박 걸어 나오고
소나기는 제 슬픔의 무게에 놀라 쥐고 있던 허공을 놓아버린다

어둠은 어둠을 지우기 위해 태어나지만
물의 목소리를 잊고 얼음 조각이 되는 시간
하늘엔 죽은 새들이 몰려다니며 구름 속에서 폭발하고 가끔
거룩하게 눈이 내린다

순간, 순간 태어났다 죽는
숨기면서 보이는 아침
파닥이던 물결이 결심하기 전에 다시 개들이 짖는다

얼어붙는 강물을 흔들며 컥컥, 물의 숨결에서 숨이 빠져나간다

순간과 순간의 이접에 의해 탄생하는 시간을 우

리는 '현존재의 시간'이라고 부를 수 있을 것이다. "순간, 순간 태어났다 죽는" 시간에 "숨기면서 보이는" 존재들이 시에서 포화가 되다시피 한 목소리로 충만하게 제 존재를 울려낸다. 바로 이 순간들이 만들어낸 주관적 시간이 밤을 여는 시간이자 '생과 사'가 공존하는 시간이기도 할 것이다. 이 시간은 시계의 초침에 의지한 물리적 시간이 아니다. 차라리 어둠이 서서히 움직이기 시작하는 저 아득한 무정형의 시간, 구름 속을 날던 새가 눈송이가 되는 순간, "이목구비가 없는 사물들"이 흘려보낸 제 존재의 소리를 미물이 짖어 발성하는 미지의 소리의 시간, 유동하던 액체가 일시에 딱딱해지는 순간, 그렇게 매 순간이 정지될 때 주어지는 특수한 시간이며, 오로지 이 순간들이 정지의 상태를 잠시 풀고 제 숨을 토해내는 시간이자, 그러한 순간들의 다발로만 주어지는 시간이다. 이 시간은 시인이 발화의 정확한 한 순간을 포착해낼 때, 차라리 그러한 순간을 고안하는 일에 몰두할 때, 그런 후에야 비로소 열리는 유일한 시간이다. 시인은 바로 이 시간으로 미지의 장소를 열 수 있다고 믿는다. 이 시적 시간은 주관화된 순간들의 연속으로 세상의 모든 것을 전환해낼 때만 비로소

제 모습이 드러나는 시간, 이 세상의 모든 존재들
이 자신을 꽁꽁 묶어둔 통념에서 풀려나와, 제 실
존을 드러내고 잠재력의 숨결을 서서히 뿜어내는
시간이다. 또한 이 시간은 생과 사의 구분을 취하
하는 시간이며, 모든 것을 머금고 삼키며, 그렇게
정지시키는, 검은 저 영혼의 시간, 그래서 미지의
순간들로 가득 채워진 시간이다. 있었던, 있어왔
던, 있다고 여겨진 존재들(자연이건 인간이건, 사물이
건 대상이건)의 진정한 '있음'이 실현되는 무시간의
시간이며, '있음'을 의미의 영역에 붙잡아두려 고
유한 발화로 빚어낸 시간이다. 홍일표는 존재를
일깨우는 이 시간으로 죽음을 현재화한다. 순간
과 순간의 연속으로 이루어진 이 시간을 그는 밤
의 시간, 밤을 열고 닫는 시적 시간이라고 부를 것
이다. "눈뜨는 순간 눈이 감기는 곳"에 당도할 때,
존재는 '있은 것'이 아니라 '있음'(Dasein)의 자격
으로 "집 밖의 집"(『입』)에 거주할 가능성을 타진한
다. 죽음에 맞서서, 죽음과 함께, 죽음을 통하여,
편재하는 지금-여기의 시적 시간들이 이렇게 우
리를 찾아온다.

폭설이다 몇 개의 산맥을 넘어 날아온 이곳은 발바닥처럼 어두운 새벽이다 열두 시간 전에 숨 쉰 공기와 얼굴들은 설화로 피어 다시 눈앞에 있다 조문한 고인은 아직 살아서 나에게 말을 걸고 웃는다 시간은 흘러가는 살이어서 나는 여기 있으면서 부재하고, 죽음은 숟가락처럼 익숙하여 그들은 사람 밖에서 사는 그림자다 돌아보지 마라

―「번제」부분

그는 이 시간의 문을 열어, 삶과 죽음이 잠시 구분을 물리친 순간을 지금―여기에 불러내는 데 전념하며, "여기 있으면서도 부재하"는 자신, 그러니까 죽음이라는 진리를 직시한 후, 그 사실을 현재에 체현하는 언어의 발화자 "나"를 얻어낸다. 그렇게 시인은 이 시간 속에서 "열두 시간 전에 악수를 하고 헤어진 거리"를 지나와도, "열두 시간 전에 숨 쉰 공기와 얼굴들"을 "시간이 놓아버린 달"로 다시 안을 수 있으며 "설화로 피어 다시 눈앞"에서 볼 수 있다고 말한다. 시간의 축도를 죽음이라는 진리의 수평 위에서 꿰어놓으면, "멈추지 않는 소용돌이로 빨려 들어가는 한낮의 태양"도 바로 이 지평에서 바라볼 수 있게 될 것이다. 그에게 진리의 시간은 오로지 죽음의 시간이며, 이렇게 "죽음은

누군가 쓰다 버린 구두칼, 지팡이, 녹슨 반지"에, "아무렇게나 버려둔 빵조각"에 편재하는 시간을 만들어내면서, 우리 존재를 돌아보게 하는 계기를 선사하는 데 전념한다. 따라서 이 시간은 "창세기의 첫 줄"(「백치 거울」)과도 같은 시간, "아무것도 없는 것이 있는 곳"(「양파의 궤도」)의 시간이다. 홍일표의 시에서 죽음이라는 진리의 도래를 견인하는 저 찰나의 시간을 포착하지 못하면, 우리는 왜 그가 상상의 복잡한 미로 속에 제 몸을 위탁하고, 제의의 형식으로 자주 죽은 자들을 시에서 불러내며, 그토록 망자나 유령, 자연과 미물과 한 목소리를 내려 하는지 이해하기 어려워진다. 그의 시가 초현실을 애타게 갈구하는 자아의 저 팽창하려는 낭만주의적 고백에 머물지 않고, 부재하는 존재와 현존하는 죽음의 봉합을 꿈꾸며, 밤으로, 밤의 끝 간 곳을 향하는 이유가 여기에 있다. 그곳에서 그는 누구를 만나고 무엇을 보는가?

네가 없는 곳
몸을 지우고 가닿은 자리에서 청동으로 만든 밤이 휘어진다

아무도 열어보지 않는 시간
새도 아니고 나뭇잎도 아닌 낯선 노래들이 수런수런 모여든다
너 거기 있니?
천 개의 팔다리가
창을 부수고 밤의 바깥으로 휘몰아치다 먼 행성에 닿는다

오가던 길이 지워지고 저무는 땅에 떨어지는 사과
여러 개의 심장이 지구를 펌프질하고
길에 박혀 있던 돌맹이들이 툭툭 튀어나와 길을 버린다

—「수상한 일기」 부분

"아무도 열어보지 않는 시간"은 어둠의 거처에 오롯이 존재를 위탁하고자 하는 시간일 것이다. 우리는 이 시간을, 존재가 현현되기를 기다리는 시간이라고 앞서 말한 바 있다. 그렇게 이 시간을 미지의 너를 호출해낼 유일한 시적 시간이라고 부를 수도 있겠다. 삶에 편재하는 이 검게 빛나는 진리의 시간에서만 미지의 너를 만날 가능성이 열린다. 죽음의 저 검은 구멍에서 흘러나오는 한 줄기 빛에 자신을 위탁할 때, "오래 뒤척여 납작해진 밤의 표정"을 궁굴리며 "잘게 썰어 반듯해진 마음의 다발들"에 제 목소리를 입힐 때, 비로소 "너에게

155

닿"을 수 있으며, 그와 "오래도록 저물지 않"(『칼국수를 빚는 저녁』)을 모종의 가능성을 움켜쥐게 될 것이라고 그는 믿는다. 죽음의 목소리에 자신의 실존을 내맡길 때, 그는 "한 번도 호명되지 않은 당신을 매일 밤 남몰래 만"(『주술사』)날 수 있으며, 그렇게 "제문의 글자"를 태운 "검은 나비로" 조용히 날아올라, "죽은 이의 이름을 가만히 만져"(『문압리』)볼 수 있다고 생각한다. 거기서 시인을 기다리는 것은 부재하는 너, 죽어서 살고, 살아서 죽는 너다.

너는 사라지고
검은 발바닥만 남은 저녁은 조문객처럼 분꽃 속으로 들어간다

어제 죽은 살과 머리카락이 붐비는
촛농으로 굳은 공기의 틈새에서

아무것도 보이지 않을 때 비로소 너는 보인다

몸 밖을 활보하는 마음의 방향대로

노래의 발가락 손가락이 환하게 너를 만지는 저녁

—「몽유」 부분

그는 매번 다시-시작하는 이 시적 공간에서 "이미 허공을 다 읽고 내려온 어느 외로운 영혼의 밀지"(「나비족」)를 받아들고, 밤으로의 여행 끝에, 이렇게 밤의 저 끝에 자신의 존재를 송두리째 내걸고, 삶과 죽음의 목소리로 미지의 공간을 열 수 있을 때까지 자신의 사유를 밀고 나가고, 주변을 주관적인 시적 시간으로 재편하면서, 이 모든 것을 가능하게 할 섬세한 감정들을 내면에서 끌어내, "가다가 기진하여 쓰러진 울창한 밤"(「해변의 코끼리」)에 이르고, 마침내 부재하는 목소리로 부재하는 너를, 미지의 타자를 노래한다. 그는 통념을 지워내야 한다고, 죽어야 한다고, 그렇게 자아를 죽여야 한다고, 오로지 그런 상태로, 뒤돌아보지 않고, 고독하게 홀로 나아갈 때만, "내 몸"이 "눈먼 시간"(「검은 숨」) 속에 입사할 때, 그렇게 "아무것도 보이지 않을 때", 그렇게 될 때 "비로소 너는 보인다"고, 그렇게 존재의 '있음'의 현현을 제 시에서 실현할 수 있다고 믿는다. "길을 가르쳐주거나 햇빛의 방향을 설명하는"(「일곱 번째 골목의 비밀」) 데 바쳐진 저 안전하고 검증된 말들을 거부하고, 대신 지움과 겹침을 통해, 고유한 발설의 순간들로 시적 시간을 고안해내고, 거기에서 존재를 살게 하

는 순간까지 나아가야 한다고 다짐하며, 그렇게
할 때, 자신에게 주어진 시인의 책무를 완수할 수
있다고 믿는다.

그리고 그는 실로, 이 끝 간 지점에 당도하기 위
해, 슬픔과 고독, 연민과 회한, 고통과 절망을 모
두 삼켜버린 거대하고 광막한 심연으로 들어가,
제 "몸에서 빠져나간 밤이 갈 곳 없이 헤매는" "새
벽 어디쯤"(「수상한 일기」)에서, 너의 부재를 앓는
일로 저 존재의 시간을 불러내고자 하며, 오로지
그러한 방식으로, 죽음으로 부재하는 너의 현존
을 목도하고, "죽음으로 꽃피우는 절벽"(「제의」)에
당도하여 "죽음의 손끝으로 붉은 하늘을 벗"기며
"울음 가득한 당신의 심장"(「밀서」)을, 그렇게 그의
존재를 읽으려고 애쓴다.

내 몸 안의 병으로 너를 읽고 너의 부재에 닿는다 비어 있는 의자는 점점
자라서 밤을 넘고 나는 비로소 너를 앓기 시작한다

—「병」 부분

내 안에서 눈동자들이 범람한다 서로 끌어안고 저녁을 조금씩 잘라 먹

158

으며 검은 밤이 된다.

　　―「세계사」 부분

　　　　　그는 "아직 발설하지 못한 밤"을 발설하려고, 그렇
　　　　　게 "밤의 밀어를 받아 적던 심야의 속기사"(「9H」)
　　　　　가 되어, 타자에게로 흘러들기 타자를 허용하기
　　　　　위해, "말을 던지고 표정을 지우고/갈라지고 흩어
　　　　　지는 사이"(「축제」)를 틈타, "아무도 알아듣지 못한
　　　　　말들이 숨어드는 극지"(「입」)로 향하는 길을 마다
　　　　　하지 않는다. 그 길 위에서 너의 혀들이 태어나고
　　　　　나의 이 망자가 된, 병자가 된, 그렇게 타자인 너
　　　　　의 혀가 되어, 어둠을 노래한다.

　혀가 혀를 넘어섭니다 일찍이 혀는 당신의 불이었고 동굴에 숨어 있는
붉은 짐승이었습니다 당신의 밀실에서 울고 있는 어둠의 혈족이었습니다
한없이 자라던 혀가 하늘 밖의 하늘을 핥습니다

　　―「젖은 달」 부분

　너는 범람한다 동서남북으로 흘러가는 기다란 혀가 어둠의 터진 살을

핥는다 나는 살기 위해 여러 번 죽는다

    —「푸른 손을 고백하는 숲」 부분

거기서 그는 "일찍이 당신의 불이었고 동굴에 숨
어 있는 붉은 짐승"이었던 "당신의 밀실에서 울고
있는 어둠의 혈족"이었던 저 "혀"로, 밤의 너, 죽음
의 너를 증명하는 밀서를 조용히 써나간다. 그렇
게 그는 "살기 위해 여러 번 죽는" 길을 택한다. 그
는 이 밀서로, 일어날 수 없었던 일을 가능하게 하
고, 실현되지 못했던 감정을 실현하면서, 우리가
영위하는 시간과 그 속에서 살아가는 저 우리라
는 존재를 죽음이라는 진리 앞에다 끊임없이 소환
하려 시도한다. 홍일표의 시에서, 서로 분리될 수
없는 문장-이미지는 타자와 함께 '검음'을 곱절로
새기는 데 헌정되며, 지금-여기 생을 살고 있는
사람과 벌써 생을 살았던 자들이 만나는 공간을
열고 또 닫으며, 죽음을 애도하는 검고 또 검은 미
지의 목소리를 불러내는 작업에서 제 특성을 부여
받을 것이다. 그러나 밤은 곧 다시 달아날 것이며,
존재는 오롯하게 제 모습을 드러내지 않고 어디론

가 가뭇없이 사라질 것이다. 밤을 수식할 수 있는 말들이 무한에 가까운 만큼, 발화하고 난 후 휘발된 말 역시, 백지 위를 방문한 후, 결코 되돌아오는 법이 없기 때문이다. 물론 시인도 이러한 사실을 잘 알고 있을 것이다. 표현할 수 없다고 믿어왔던 순간들을 언어로 담아내려 저 밤의 끝으로 향하는 여행에서 우리를 기다리는 것은 미지의 목소리이다. 시인은 그렇게 시간-대상-존재를 다시 자리매김하며, 검은 구멍이 거주하는 공간으로 우리를 기어이 끌고 간다.

시-제의

돌아보지 마라.
하늘의 벼락을 삼키고,
혼돈과 무질서의 미로 속으로
즐거이 사라지는 노래들아.

「시인의 말」에는 이번 시집의 방향과 특성이 고스

란히 담겨 있다. "하늘의 벼락을 삼"킨다는 것은 경이와 놀람을 내재화하겠다는 시적 의지의 표출이며, "혼돈과 무질서의 미로"는 이 내재화의 과정과 그 지형이 어떠한지를 말해주는 동시에, 시인의 눈에 비친, 아직 만나지 못한 "미지"를 향하려는 노력에서 시의 운명이 결정될 것이라는 판단이 담겨 있다. 지난 시집에 비해 조금 더 중요해진 것은 역시 죽음의 "노래들"이며, 이 노래 속에서 태어나고 생명을 부여받는 존재와 시간이다. 시적 발화가 저 휘발되는 성질에 기초하고 있다는 사실을 인정할 때, 고유한 시간과 공간을 우리 곁에서 제기하고 폐기하는 힘은 그러니까 전적으로 발화의 특수성을 고안하는 일에 달려 있다고 시인은 우리에게 말한다. 존재의 '있음'을 지금-여기의 시적 시간 속에서 실현하는 시적 언어는 "낯선 리듬이 태어나 심장을 뛰게 하"(「달과 바다」)는 고유한 노래이며, 한편, 이 노래는 아직 태어나지 않은 세계를 향하고, 아직 깨어나지 않은 곳으로, 뒤돌아보지 않고 나아갈 수 있는 에너지가 될 것이다. 그렇게 시인은 "사물의 지루한 정면을 부수어 강을 건너고 산을 넘는"(「새」)는 노래의 고안에 오히려 서정시의 미래가 달려 있다고 생각한 것은 아닐까.

홍일표의 서정시는 현실에 두 발을 굳건히 땅에 내리고 올려다보는 하늘을 향한다. 그가 올려다본 하늘은 아름답기보다, 자주 빈 공간이고, 결정된 무엇을 내려놓는다기보다, 앞으로 채워 나아가야 할 정념들의, 멀고 가까운 미래의 사건을 현실에서 열어 보이는 일을 섬세한 언어로 여툰다. 그에게 자연은 내면의 감정으로 타자의 무늬를 풀어놓을 무정형의 공간이며, 이 무늬의 결들은 결국 현실을 비추는 거울이자 현실 자체이기 때문이다. 우리는 그의 시집에서 그가 올려다본 하늘이, 그의 심연이자 타자라는 검은 구멍이며, 죽음이 거주하는, 우리 모두가 죽음과 함께 기거하고 살아가는 공간이라는 사실을 알게 될 것이다. 지금-여기의 시간이 존재의 '있음'을 실현할 가능성으로 시적 사건을 만들어내는 것처럼, 자연, 그러니까 자주는 달, 구름, 바다, 돌, 나무, 새, 꽃, 물고기, 나비 등과 함께 시집에 자주 출몰하는 저 풍경들은 결국 사람들의 목소리를 통해 여기에 소환되는 자연일 뿐이다. 홍일표에게 자연은 거리를 두고 바라보는 자연, 내부를 걷지 않고 경외감에 휩싸여 넋을 잃게 하는 황홀한 자연이 아니라, 사람의 자연, 그래서 끔찍한 자연, 검은 자연, 그래서 현실과 고스란히 포개어진 자연, 망자들의 자연, 그래서 유령이 제 목소리를 울려내는 미지의 자연, 그렇게 "누구는 멸이라 부르고 누구는 환이라 부르는"(「달과 바다」) 자연이다.

그의 시집을 읽는 지금, 밤이 흘러넘치는 소리가 사방에서 들려온다. 밤이 삶 속으로 짓치고 들어오는 소리를 듣는 순간, 밤이 검은 제 감정을 하나씩 풀어놓고 여기저기에서 불꽃처럼 존재의 있음을 현현하는 순간들이 이어질 것이다. 그렇게 이내 여기를 빠져나갈 것이다. 이 밤의 역습과 밤이 쏘아올린 실존의 시간을 우리는 어떻게 감당할 것인가? 여명黎明도 박명薄明도, 어슴푸레한 기운도, 어느새 밤이 모두 삼켜버렸다. 밤으로 뒤발된 이 세상은 그런데도 왜 캄캄한 아름다움을 뿜어내는 빛의 병동이자 타자의 울음인가? 우리는 그의 시와 함께 더 이상, 밤이 오기만을 우두커니 기다리지 않을 것이다. 차라리 삶의 검은 언저리를 배회하다, 컴컴한 지대와 경계를 죽음과 함께 넘나들고 다시 돌아 나오기를 반복하면서, 결국, 밤의 저 깊고 낯선 공간, 광막한 미지의 세계로 들어갈 것이다. 밤의 저 끝으로의 여행은, 한없는 나락을 예고하는 것도, 절망을 벼려내는 것도 아니다.

홍일표의 밤 끝으로의 여행은 존재와 시간을 달리
보려는, 시라는 이름의 또 다른 희망이며, 존재의
이유를 죽음의 내부에서 찾아 나선 한 시인이, 이
세계와 자연을 주시하면서 고안해낸 고유한 실존
의 색깔이기 때문이다. 당신이라는, 타자라는 죽
음을 붙잡고 써 내려간 이 아름다운 시집은, 말할
것도 없이, 지금-여기에서, 이 시대에 병을 앓으
며 힘겹게 죽음의 그림자와 싸우고 있는 모든 사
람들에게 헌정될 것이다.

문예중앙시선 40

밀서

초판 1쇄 발행 | 2015년 10월 15일

지은이 | 홍일표
발행인 | 노재현
편집장 | 박성근
디자인 | 권오경
마케팅 | 김동현, 김용호, 이진규

발행처 | 중앙북스(주)
등록 | 2007년 2월 13일 (제2-4561호)
주소 | (135-010) 서울시 강남구 도산대로 156 jcontentree 빌딩 7층
구입문의 | 1588-0950
홈페이지 | www.joongangbooks.co.kr

ISBN 978-89-278-0681-3 03810

■ 이 시집은 2015년 한국문화예술위원회 아르코문학창작기금을 받았습니다.
■ 이 시집은 한국출판문화산업진흥원 2015년 우수출판콘텐츠 제작 지원 사업 선정작입니다.